羅國洪　朱少璋　主編

香港・人

匯智出版

謹以本書紀念
匯智出版成立二十周年

前言

人與文

很久以前，已有一個想法，希望為生於斯、長於斯的香港留下一些記錄。

香港的繁榮，是一代接一代的香港人努力的成果。這些香港人，可能是土生土長，也可能是來自五湖四海；可能是聲名顯赫，也可能是寂寂無聞；可能是名人，也可能是小人物。但無論如何，他們在不同範疇、不同崗位，都曾付出汗水，作出貢獻。他們的故事，均值得我們存記。

本書以「香港人物」為主題，由二十七位「匯智」作者執筆，為大家書寫各式各樣香港人的故事。書中所寫的，既有知名的畫家、歌手或學者，也有不具名的牙醫、侍應或老闆，另外亦有寫父母或親友的。二十七位作者筆下不同年代、不同階層的人物並列書中，各具獨特的面貌與性格，讀來令人印象深刻。

以文字記錄「人」，從來不容易，而寫得好就更難，但本書二十七篇卻都是寫人的好文章。

人與書

寫文章，最希望是感動人；出版書，同樣也希望能感動讀者。

2011 年 7 月的一個早上，我如常買了一份報紙。打開報紙，在報上的一角，我留意到一則小新聞，標題是「90 後從書中看出使命」。內文是說，一位中六學生在老師鼓勵下參加一個中學生閱讀報告比賽，以一篇書評〈譜出生命樂章〉，奪得高級組冠軍，而他閱讀的書是陶國璋先生的作品《哲學的陌生感》（匯智出版，2003）。報道中，那位中六學生表示，以往他沒有目標，只顧玩樂，看了這書後，感到共鳴，體會到人生應該對社會有使命感，不應只追求名譽與物質享受。他說：「我唔想只係玩同 hea，希望將來可以改變世界。」〔註〕

這則小新聞頗令我觸動，從中深深感受到出版的力量。

原來書是很神奇的，如果是一本好書，不論何時，只要你打開它、閱讀它，它就會影響你，向你傳授知識、傳授智慧，甚至變化氣質。假如說，教育是以生命影響生命的工作；那麼，出版就是以文字影響靈魂的工作。

二十年過去，往後，「匯智」期望可與讀者保持一種良性的互動——我們努力繼續出版好書，令讀者開卷有益；而讀者的意見和鼓勵，又反過來令我們更有信心、更有動力繼續走下去。

十年又十年

　　「匯智」的成立，是一個偶然，緣起於兩三好友一時興起的主意。至今，走了十年又十年，若說有點成績，就是仍能在香港出版界佔一席位，以及得到作者們和讀者們的支持。

　　這本文集能夠成書，首先要多謝二十七位作者慷慨賜稿，他們各有工作，但仍在百忙中抽空寫稿，而且寫得很用心，這是對「匯智」的無言支持，在此深表感謝。另一要特別多謝的，是本書另一位主編朱少璋兄，朱兄不但為本書寫文，還擔任主編之職，幫忙約稿、審稿、校對，對裝幀設計也給予不少寶貴意見，勞苦功高，實在要向他致以萬二分的謝意。

　　十周年時，我們出版了《文學‧十年》；十五周年時，出版了《文學‧香港》；二十周年時，出版了本書《香港‧人》。那麼，還會有二十五周年、三十周年的紀念文集嗎？

　　時間會告訴你答案，而我也與大家一起期待。

羅國洪　謹識

2018 年 6 月

註：見《蘋果日報》，2011 年 7 月 10 日。

目錄

異能司機

王良和

　　從居住的地方走路到小巴站的途中，一輛 28K 小巴從後越過，風馳而去。來到小巴站，心想，不知要等多久呢。竟然不用等很久，就見到一輛，不，兩輛小巴駛近，第一輛是 28K，我連忙揮手，司機是個女人，不停站，似乎客滿。正自失望，後面的小巴，竟然也是 28K，而且人不多，在我面前開了門。我上了車，後面一個戴口罩的男人跟着上車。我剛坐下，他一「嘟」八達通，司機就開口：「戴了口罩我都認得你！不用揮手我都會停畀你！」一聽司機的聲音，心「咯登」一聲，竟然上了他的車！

　　那人上了車，坐在最近司機的座位，當即拉下口罩，笑着說：「你真厲害！」

　　「前面的女司機是我徒弟，徒弟知道師父在後面，當然由師父停畀你！」除口罩男閒閒說了一句前面的司機不停車，司機就這樣接口。

　　「果然係大師父！」除口罩男模仿電視廣告中成龍提醒司機小心駕駛的口吻。

「不是大師父，是大師兄！我們這一行不叫師父，叫師兄。我徒弟見到我都是叫我大師兄。現在呀，詞語的意思常常會變，不能亂用，大陸以前不是同志同志的喊，現在你就不要叫人同志了，蘭桂坊摸你屁股那些也叫同志！」

這是我第一次去大埔坐上了他的車，之前都是從大埔街市買菜後搭小巴回家時碰上。第一次坐他的車，被他罵；第二次，他和乘客對罵；第三次，我想投訴他；第四次，我想提早下車；第五次⋯⋯。

第一次坐上他的車，車開不久，我就覺得不對勁，司機總是不停說話，自言自語，責怪下了車的乘客叫下車叫了兩次。我因為之前試過說在某某地方下車，司機忘了，沒有在車站停車，之後我總會在快到站時加說一句「有落」，他就罵了：「你之前已經講了一次，我都叫你們不要再講第二次，講第二次即是看不起我，你們十八個人只要講一次在甚麼地方落，十八個地方我都記得！」當眾被罵，下車時我一臉不悅。沒想到很快，一個乘客上車「嘟」八達通時說「美援」，下車前說「美援有落」，就被他罵了。乘客還口：「我只是再講一次，為甚麼要畀你鬧？」司機說：「你上車時已經講了美援，使唔使再講第二次？你們講一次我已全部記得，嘩，後面長頭髮的小姐在鹿茵落，你問她是不是？我怎會忘記？總之講一次就得！」後面長頭髮的小姐木無表情，不做聲。他非常執着乘客只能講一次下車地

點，講了一次，即使再講「有落」都是冒犯了他。

「黐線！」男人下車時，黑口黑面拋出一句。

「真的有點黐線！」我心裏附和，每次坐他的車，只覺有點緊張，心裏提自己記得不要講第二次下車，其他乘客似乎都有點緊張，車上的氣氛怪怪的，只有他自言自語認叻或埋怨或責怪乘客的聲音。一段二十分鐘的路，讓我感到難受，真不明白小巴公司怎會請這樣的人做司機，邊坐邊想到要向小巴公司投訴。還有，還有他開車很快，天已黑，車飛馳，轉彎也不減速，彷彿無主孤魂般飄飛，總讓我心慌慌的自嘆「黑仔」，暗罵又上了他的「死人車」。有一次我真的提早了一個站下車，怕多坐一個站會出意外，如果「衰起上嚟」……。

「那個司機不知是不是有亞氏保加症，好執着乘客只能講一次下車地點。」晚上，和妻子談到那個司機。

「有可能，但不少亞氏保加症患者都有特殊才能，甚至被視為天才。」

「那個司機的記憶力真是超厲害，我沒有見他忘記過一個乘客說的下車地點，他對自己這種能力非常自豪。」

我想起許多年前看電視片集，介紹一個腦袋具「攝影功能」的黑人青年，他和實驗人員乘坐直升機，在倫敦上空盤旋一會，降落後把高空俯視看到的倫敦建築物、街景，在畫紙上一五一十畫下來，實驗人員嚇得目瞪口呆！世間竟有這樣的異

能人士！

　　幾個月之後，經常搭 28K 的乘客，或許都已經習慣或者說適應了這個司機的怪脾氣，不去觸他的「逆鱗」，似乎相安無事了。一次上車後，車未開，聽到他跟最近司機位的乘客聊天，提到自己的女兒。唔，原來是要養家的，還有個女兒。

　　小巴很快經過今年二月十日「大埔公路翻九巴」的車禍現場，那是我昔日居住的大埔尾村村口的馬路對面，路面仍覺凌亂，香燭、哭聲、呼喚如在目前，怵目驚心。幸好這是上午，陽光朗朗，他今天開車好像慢了一點。

　　「嗱，後面個女仔喺鹿茵落，前面個阿生喺廣福邨落，還有中間個阿生未講。」中間個阿生就是我，我和他在倒後鏡互望了一眼。還是老樣子，已見怪不怪。

　　小巴在鹿茵山莊的車站停下來，開門，少女下車：「靚仔司機，唔該！」在倒後鏡看不清楚他的樣子，我不知他有幾靚仔。

　　前面的乘客又和他聊起來，聊了一會，他忽然說：「唔好同我講嘢，搞到我唔記得喺鹿茵停車，畀人投訴！」這是我第一次聽到他說「唔記得」。

　　小巴駛到廣福邨，司機說：「馬會、桌球城、新街市，唔使嗌，自動停，但係只停三秒。」

　　很快，小巴緩緩停在投注站前，開門，沒有人下車。

　　很快，小巴緩緩停在桌球城前，開門，沒有人下車，關門。

沒有人說「街市有落」。

很快，小巴緩緩停在新街市前，開門。

我終於站起來。下車前，微笑：「唔該。」

其實我有一刻想過，要不要說「街市有落」？

車站

——憶也斯

王璞

　　説到車站，美孚新邨大概是全香港最多車站的地區了，擁有一個包括西鐵站在內的地鐵樞紐站就不説了，光是巴士站就至少有四個，百老匯街這邊有一個，吉利徑那邊有三個，天橋下面更有一個佔地數千呎的巴士小巴總站。每個巴士站都一溜好些個站台，每個站台又立有好些個站牌，每個站牌上標有好幾路車，從三到十數個不等。這麼説吧，直到我搬離美孚，我還沒有搞清楚，此地到底有多少條巴士和小巴路線，印象中，從這裏到港九和新界的任何地方，都可以找到多種抵達方法。

　　一個星期至少有三天，我站在百老匯街巴士站的車站等車去位於屯門的嶺南大學，因為校方規定，不管有課沒課，教師每周至少要有三天在校，備課或者見學生。從這個巴士站直達嶺南大學校門口的巴士有兩輛，67和69。它們分別位於兩個站台。我就站在兩個站台之間的空地上，哪輛車先來就往哪邊跑。

　　也斯第一次去嶺南，我跟他就是約在那裏碰頭。頭天系主任陳炳良教授告訴我，也斯要離開港大來嶺南了，明天先來學

校跟大家見見面，「你給他帶一下路吧，」陳教授道，「他在交通方面特別糊塗，沒人帶的話，不知他會跑到甚麼地方去。」

我一點也不覺得陳教授的話誇張，因為我有一次親眼見到這位詩人送人去機場，卻把人家送到相反的方向去了。那天，詩人宋琳從上海去巴黎途中路過港島，我約了也斯、黃燦然和他在旺角一家飯店相聚。宋琳拖着個行李箱，說他吃完飯就直接去機場：「他們説這裏離機場很近。」宋琳道。

那時候機場還在啟德，從旺角過去車程也就十多分鐘而已，乘巴士堵車的話也不過半小時。可我是個緊張的人，提前三小時就開始催宋琳動身，也斯卻不以為然：「急甚麼？」他安撫我道，「你放心好了，等下我送他去。」

說完這句話，他就又繼續剛才被我打斷的話題。他們三個都是詩人，聚到一起有說不完的話，尤其是也斯，他與宋琳八十年代中期在華東師大見過一面，同為熱衷於書寫現代城市的詩人，他們當時似乎就這一話題展開過熱烈討論，所以這天一見面也斯就立即接着這個話題大談特談：

「你那天説的話很有道理，不過我倒有個新想法……」也斯說，口氣好像他們不是分別了十幾年才剛剛見面，是昨天還在一起飲酒論詩來着。

奇怪的是，宋琳和黃燦然也不以為怪，也立即進入狀態：

「波德萊爾……」

「本雅明……」

「都市拾垃圾人……」

如此這般的一些話語，從他們口中爭先恐後地噴出來，滔滔不絕。

當然啦，詩人就是這樣的，他們活在虛幻的世界。但總得有人幫他們操心眼前的現實事務是不？我雖然也想知道本雅明關於城市書寫是怎麼說的，卻沒法集中思想聽他們的談話，因為我得為他們把握時間，宋琳要搭乘的是國際航班，萬一誤了機麻煩大了。

「喂埋單！」我終於不由分說地起身招呼侍應，同時對那三個沉陷於神聊之中的詩人晃動手腕上的錶，「喂！只差兩小時三十分了，一定要動身了！」

「好吧好吧，」也斯無奈地朝我一笑，「你太性急了。三個字的車程而已，一定來得及。」又回過身對宋琳道：「奧登有一首詩是這樣寫的……」

也許這是他登上那輛巴士時說的話吧？我記不清了，我記得最清楚的，只有他神叼叼地不停地說着這詩人那作家的形象。車子開動了，他還在一徑說着說着。突然我想起剛才只顧忙着把他們推上車，連車號也沒有看清楚，「喂等一等！」我朝也斯大喊，但車門已經關上，車子已經啟動。

車子搖搖晃晃地往一堆亂糟糟的巴士陣中擠，車後那個明

晃晃的車號閃呀閃的，我心裏一震，跺起腳來：「糟了糟了！」

「怎麼回事？」黃燦然驚問。

「他們好像上錯了車！」

「那你剛才怎麼還大力把他們往上推？」

「我見也斯那麼快地往上走。我以為他看清了……」

我沒把話說完，因為我想起來黃燦然也是個詩人，看他那一臉茫然的神情，大概也還沉浸在詩的世界，連自己為何站在這麼個鬧哄哄的車站也不太明白吧？

跟也斯約在美孚新邨一道去嶺南的頭天晚上，我在電話裏仔細交代他：「美孚新邨巴士站就在永安公司旁邊，老遠就看得見那塊永安公司的大招牌。你見到那招牌就下車。千萬不要在大快活那一站下呀，那是荔枝角站。」

可是約定的時間已經過了十分鐘，才看見那個永遠匆忙的身影從荔枝角那邊衝過來，「他還是下早了站吧？」我心裏想，一邊急急向他揮手：「這邊這邊！快快！」

因為我看見一輛 69 路開過來正在埋站。不待他回應，我便逕自往 69 路車站跑去。

「不用這麼急嘛，」也斯一邊跟着我上車，一邊不無調侃地笑道：「不會又看錯了車號吧？」

「怎麼可能！我天天坐這個車。上次你和宋琳坐錯了車可一點也怪不着我噢！我以為你是老香港……」

「不怪你不怪你，還好你性急，讓我們有時間坐回頭車——你聽我說，」我們還沒有在座位上坐穩，他就急急忙忙地說起來，「剛才在路上，我正在想着一個有趣的設想，其實也是我多年的願望，開一門文學創作課，你覺得怎麼樣……」

他說呀說的，每次見面他都有新的話題迫不及待要說，有時是一個理念，有時是一本書，有時是一些思路，當然都是關於文學的。我自己也是被人叫作「文學發燒友」的，可在他面前就小巫見大巫了。而且總是不知不覺就會被一些俗事搞得心不在焉。那日也是如此，窗外的風景從海景轉到樓宇和街道，這意味着車子已經下了高速。我開始走神，不時看着窗外，又不時看錶。我擔心坐過站，後悔沒有把時間訂得更早一點，那樣即使坐過了站也不要緊，可以再坐回來。見面會遲到了可不好，陳教授再三叮囑了的。

「不對不對！」我突然驚叫。

「怎麼啦？」正說得興起的也斯也一驚，「你覺得限定名額不對？」

「限定名額？甚麼名額？」

「報讀文學創作課的學生名額啦，我覺得……」

「唉呀我不是說這個，我是在想，剛才我們不應該上 69 的，應當上 67。」

「為甚麼？」也斯一臉愕然地看着我。

「67終點站就在兆康。那樣我們就算坐過了站，走去嶺南也只要十分鐘。」

2013年，在也斯的追悼會上，我呆望着靈堂上那張笑嘻嘻的臉，恍惚中，那笑容似在幻變，變成無奈，變成愕然，變成哭笑不得。而背景則是一個個的車站：旺角、九龍城、美孚……

對了，我有多久沒有到美孚去了呀，哪天一定要去看看。羅蘭巴特關於車站的那句話是怎麼說的來着：「車站所標明的名字不是一種回憶，而是一種幻覺的追思。」

香香

可洛

　　升降機裏常常會碰見香香。她每次都在不同的樓層進出，有時是二十樓，有時是七樓；她好像住在每一層，又好像全是這些地方的過客。

　　她最近學做皮具，趁放假到深水埗買些皮具材料包，包裏有齊全的材料及用具，例如皮料、蠟線、針、白膠漿、床面處理劑、打磨布、說明書，有些稍貴的材料包，還附送保護皮具用的小布袋。買回家裏，照着說明書，或是用電話看YouTube教學影片，縫縫貼貼，略加打磨，不用一小時便能做出完成品。

　　她有靈巧的手，這雙手跟高瘦的身材最搭配。她樣子談不上好看，眼睛雖大，但有點凸，看起來很兇。馬尾辮在後腦勺凸出來，像一棵葱；大片露出的額頭，則像防洪的斜坡。頭髮烏亮，但永遠是油膩膩的，如果不是垂到臉尖，還真像一個男人。衣著方面，永遠是襯衫和牛仔褲，加一雙黑色平底防滑皮鞋；冬天便換上一件長袖襯衫，外加蝦肉色羽絨背心。這件背心，令屋邨裏的人一眼便能認出她來。

　　「香香」是餐廳老闆和同事給她起的花名，笑她像公主。其

實她一點不像公主，從來不用人來侍候，相反凡事親力親為，做事勤快，絕不「姐手姐腳」。十隻纖長的手指，指甲都爬滿直紋，有些還乾裂了。她用這雙手捧餐、抓起一把刀叉筷子、拿起原子筆寫「草書」，然後重新別上耳朵。一陣「狂風掃落葉」後，她便回到原來的崗位上，沉默着，忍耐着，像一個燒水的茶壺。

做皮具的時候，那雙手便放慢動作，尤其是縫線的步驟，她戴上眼鏡，目不轉睛地看着手裏的針，游移、拐彎、穿過細密的皮孔。最後把線拉緊，剪去多出來的線，彷彿把平日積累下來的壓力和不快都縫死在裏面，不得超生，便有種痛快的感覺。

從前要看到她，便要到快餐店，沙嗲牛麵、飛砂走奶……直到快餐店結業，她一度失去蹤影。後來在上海菜餐廳出現，但那不過是一段短日子，隨着人們口味的轉變，她又轉到了車仔麵店，紅腸雞翼、豬皮蘿蔔……再後來是雲南米線店，麻辣湯底、滷水大腸……直到現在的重慶雞煲店。口味變得愈來愈濃，但她的並沒轉變，日常不需花巧，收工後到街市買幾兩菜、一條魚，清蒸最好。

她不愛說話，也很少笑。走在街上總是木着臉，兩手各拿一個白色膠袋，表情與其說是嚴肅，不如說是專注，像走鋼線的特技人。餐廳裏食客和侍應高談闊論，聊着八卦新聞和股市

行情，打成一片，她也從不插嘴；她愛倚着餐廳的門框，看街上人來人去，看巴士駛過噴出的黑煙。甚麼時候她會主動說話呢？她會特別關心來吃飯的孩子，坐在嬰兒車上的、剛學會走路的，她會扮他們牙牙學語，或者說：「又食手指呀？」、「認唔認得姨姨呀？」遇着年紀大一點、約四、五歲的孩子，便會說：「姨姨請你飲汽水好唔好？」孩子樂了，父母卻說不要不要，她覺着有趣，便回到廚房。同事們都說她喜歡孩子，叫她生一個，老闆娘和議，她卻裝作聽不見，如果裝不過來，便用一個淺淺的微笑敷衍過去。

她的第一個皮具材料包，便是從孩子來的。某個星期日，屋邨足球場舉辦親子嘉年華，既有舞蹈表演、大合唱，還有攤位遊戲。香香碰巧路過，一個小女孩拉住她，邀她去玩攤位遊戲，她勉為其難隨手拋出一個呼拉圈，竟得了獎。她把獎品放進圍裙的袋子裏，便回到重慶雞煲店了，晚上回到家裏仔細一看，才知道是材料包，桃紅色的皮革十分搶眼，可以做出一個零錢包來。

她年輕時做過工廠，手藝是那時候練回來的。車衣廠和假髮廠待過的日子最長，每天重複相同的工序：把布料推進車衣的撞針、把凌亂的假髮梳得貼服……像日子流淌無聲……她以為自己會一輩子待在工廠裏，直到工廠全部北移，城市只剩下地產、金融和服務業。屋邨商場裏，不是商店便是餐廳，選擇

少，香香沒有要求，只求鄰近住處，節省車錢。

認識香香的人都知道，她是一個獨居的女人，沒有老公或男朋友；父母在和合石。不過屋邨師奶之間曾流傳過這樣的故事：香香年輕時跟過一個男人，好像是英國人，還是別處的外國人，反正細節沒有人在乎。那個男人是成衣工廠的老闆，兩個人還同居過一兩年，工廠北移後，老闆便再沒有留在香港了，沒多久更音訊全無。香香曾經託「上面」的親戚找過他，但找不到，過了幾年又有流言說，「上面」的工廠也做不住，那個人已經移居東南亞，不知道是印尼還是越南，在那邊做生意和結婚了。

在工廠打工，深居簡出，加上在股市大有斬獲，香香那時候有一大筆積蓄。「上面」的親戚靠着她每個月寄回去的錢，度過了艱難的日子，後來賣了田地，在鄉下蓋了屋，漸漸富起來了。幾年前，親戚們一行幾人來到香港，在香香的家住了大半個月，之後便沒有再來過，或者還有來，但至少沒有再在這個屋邨出沒了。根據師奶們口耳相傳的說法，香香大部分積蓄都被他們騙去了。自此，餐廳裏便時常看到她；她逐漸變成出現在來回屋邨和商場的街道上，那個走鋼線的特技人，還有升降機門開合間，在不同樓層出沒的身影。

從前收工回家，晚飯後她會追看電視劇集，但現在她只愛做皮具，用針線或白膠漿把皮料拼合起來，彷彿拼合那個破碎

的自己。每晚重複相同的工序，未見厭倦，像日子流淌無聲。

　　香香不是公主，她只是餐廳侍應，住在公屋大廈的二樓。送外賣是她每天主要的工作。

小思老師和梳乎厘

朱少璋

　　1994 年回母校浸會大學工作，教寫作科講人物描寫引用了羅孚〈無人不道小思賢〉開首的一小段為例，用以說明如何把抽象的人物性格寫得具體：「朋友在上海參加了中華文學史料學研討會後對我說『小思真有個性』……會議結束，照相留念，要女性們蹲在前排，這時小思不幹了，『為甚麼總是要女的蹲？』有些蹲下了的也被她拉了起來，終於改變了局面，蹲下來的是男性，女性們這回用不着折腰。」我跟學生說，寫文章說一個人「真有個性」是抽象，刻畫人物的言行才具體；記得班上有好幾位女同學拍手叫好：「係囉，成日都要我哋踎。」

　　羅孚在文章中轉引他人的話，說小思老師講課時「渾身是勁，簡直像一頭獅子」。我沒有上過老師的課，卻早已風聞老師授課的魅力。至於「像一頭獅子」到底是怎樣的一種氣勢？《大智度論》說獅子「獨步無畏」，碰巧「獅子」又作「師子」，比喻加上聯想再稍稍結合個人近三十年當教師的經驗，大概明白，那該是積極、投入、自信及力量的意思。2000 年 4 月老師曾應邀到浸大語文中心以「縴夫」為題分享教學心得，她強調「靜」，說

教師心境要常常保持平靜，還在會上播放了一段滴水的錄音，要我們靜心聆聽：「冇其他㗎喇，成隻光碟都係滴水聲嚟㗎咋⋯⋯」。十年後，老師為《梨園生輝》組稿，跟我通過一次電話，囑我為新書寫一篇關於任劍輝唐滌生的文章，我問稿件有沒有特別要求，老師強調自由發揮：「冇咩㗎，你想寫咩就寫咩。」2016年7月書展講座前，出版社安排一眾講者與老師在酒樓聚聚，老師說她當主持只會簡單介紹幾位講者出場：「講者講咩自己決定，唔好離題就得啦，想講咩就講咩。」聚會上我們反而集中閒談梨園往事，細聽老師談仙鳳前塵談姹紫嫣紅，又是另一台好戲。同年9月我在尖沙咀商務印書館講南海十三郎的《小蘭齋雜記》，老師光臨；分享完了我不無感慨地跟老師說「可惜十三叔等唔到今日」，老師卻十分肯定地說：「咩呀，佢知㗎，佢知道㗎。」我才恍然明白，老師數十年來堅持不懈地追求學問的動力，就是來自這一份信念。翌年我為侯汝華編訂《海上生明月》的工作接近尾聲，老師在關鍵時刻為書稿補充了《時代筆語》上的一項重要材料。滄海有遺珠，合浦得重歸，7月的一個下午我約了老師在太平館談這條材料。當天，難得餐館氣氛特地懷舊，午後食客漸次疏落，此情此景，談及的文壇往事都更順理成章地褪盡了本來的顏色，半虛半實，在席間浮動。我說書稿中交代老師慨贈材料的片段在付印前會先給老師過目，老師說：「唔好畀我睇喇，你哋做嘢唔好成日就住就住，自由發揮

就得㗎喇。」那天，老師興致很好，談蒐集文學材料的絕版孤本，談平生獵書的種種奇逢巧遇，那既是愛麗斯在異境中的幻趣經歷，更彷彿是南柯太守與邯鄲盧生參悟的無常蟻穴與半熟黃粱，似夢似醒之間，有得，有失。席上淡入又淡出的是周作人、許地山、羅孚、高伯雨、葉靈鳳、侯汝華、侶倫等上世紀文人的往事。老師談鋒甚健，給我的感覺仍然「渾身是勁」，但實在不像獅子；只有積極、投入、自信及力量，依然豐豐沛沛地，襲人而來。

王國維說古今之成大事業、大學問者，必經過三種境界：「『昨夜西風凋碧樹。獨上高樓，望盡天涯路。』此第一境也。『衣帶漸寬終不悔，為伊消得人憔悴。』此第二境也。『眾裏尋他千百度，驀然回首，那人卻在，燈火闌珊處。』此第三境也。」個人體會無所謂對無所謂錯，靜安先生裁拼晏殊柳永辛棄疾的詞作名句，句句相扣相連，若合符節，能引發讀者聯想，把孤獨登程、執着投入、豁然頓悟的深刻意思寄託在名作名句中，後人依此詮釋，各得體會。做學問做研究倘能自成一家之言，固然好，若在相關領域中或深或淺地做些修橋補路鋪磚疊石的工作，也未嘗不是貢獻。若據此思路重新玩味秦韜玉名作〈貧女〉，對成就大事業或大學問，當可有另一番體會。趙曉彤在2016 年曾撰文縷述老師的治學特色，發表在《中國現代文學》第30 期的長文由老師遊學京都寫到她構建的香港文學特藏與她設

計的香港文學散步。文章大題是「造筏不渡河」，結語處自問自答，輕輕回應了一句「到岸不須舟」，突顯並強調了老師為文學研究平台鋪墊材料基石的貢獻。我卻認為無妨把大題直接改擬作「為人作嫁」，貶詞褒用更能顯示出「為人不為我」的情操——「苦恨年年壓金線，為他人作嫁衣裳」——貧女十年窗下，把學到的都用來裝點嫁衣，為自己，一次就夠了，倘若為了別人，卻倒要年年月月穿銀針壓金線；不必「苦恨」，「甘心」就好。作嫁衣和穿嫁衣從來是兩碼子事，誰需要穿而又穿得好看，嫁衣就給誰穿。《現代學林點將錄》把王利器比配作「地丑星石將軍石勇」，排名近榜末，在第九十九位。點將錄的評語說王氏「至五十年代院系調整時調入文學古籍刊行社，為人作嫁，故聲名不甚顯」，「故」字無賴，以此承上接下，「為人作嫁」四字居然成為「聲名不甚顯」的原因。金庸說古龍「為人慷慨豪邁、跌蕩自如，變化多端」，該是個性既灑脫又不計較的人，難怪構想得出一種異常特別又別具文學象徵意趣的「嫁衣神功」，《絕代雙驕》記載此功甚為詳盡：「只因這種功夫練成之後，真氣就會變得如火焰般猛烈，自己非但不能運用，反而要日日夜夜受它的煎熬，那種痛苦實在非人所能忍受，所以她只有將真氣內力轉注給他人。」古龍筆下的燕南天鐵中棠都練此功。武俠小說情節向來都超乎現實，「嫁衣神功」卻出奇地能真切反映做學問過程中的部分事實。

老師自 2002 年正式退休。她手抄的「京大式卡片」漸次電子化，化成了網絡上的「香港文學資料庫」，供無數研究者點擊、瀏覽；她的大部分個人藏書亦已捐贈中文大學，成立了向公眾開放的「香港文學特藏」，供無數研究者參考、使用。許地山名篇〈綴網勞蛛〉收筆處說園裏沒人的時候，「方才那隻蜘蛛悄悄地從葉底出來，向着網的破裂處，一步一步，慢慢補綴。牠補這個幹甚麼？因為牠是蜘蛛，不得不如此！」杜埃多年前寫過文章記述與老師的交往，居然，不無巧合地說老師是「結網牽絲的人」。「結網牽絲」，喻物為綴網勞蛛喻人則應為天孫織女——從來都是穿衣的人多，製衣的人少；當然，織布的人，更少。我們傳說中天庭上有一個織女，歷史中凡間有一位黃道婆，大概已經足夠同時「衣被天上」又「衣被天下」了。可是大家記得織女是因為她與牛郎銀河相隔一年一會，知道黃道婆的人則恐怕不多。黃道婆是宋末元初人，流落海南島時學會了黎族人種棉紡織的專業技術，重履中土後在松江致力發展棉織業，並教授當地婦女棉織工藝。論風光論體面，織棉布似乎還比不上作嫁衣，卻更該得到尊敬和重視。今天徐匯區內破舊的黃氏祠廟曾在雍正、光緒年間重修過，重建於九十年代的紀念堂今已劃入上海植物園的範圍內。唐人影視、廣東南方電視台聯合出品的劇集《天涯織女》搬演的正是黃道婆衣被天下的傳奇故事，女主角在劇中的名字給改為「巧兒」，可能編劇嫌「婆」字

太「粗」太「老」太「土」，改用「兒」字，嬌俏輕盈得多。在劇中飾演黃道婆的演員皓齒明眸巧笑倩兮美目盼兮，簡直是傳説中下凡織女的模樣。

2003 年老師幾經考慮後最終決定接受「傑出教育家獎」，頒獎典禮上的演講沒有客套沒有恭維，老師在教育部門最高級官員面前直言教育政策失敗，談當局教育決策的「不知不覺」、「一知半解」與「明知故犯」，強調前線老師要有「靈動的空間」，思想要「自由飛翔」；一字一句都是令決策者不無尷尬令教師猛然儆醒的獅子吼。2015 年藝術發展局頒發的「終身成就獎」與翌年中文大學籌畫的「曲水回眸」，一個崇高的榮譽肯定與一次重要的回顧省察後，老師很少公開演説了，但老師出席公眾場合時，總有不同年紀的長情「小」粉絲上前要求合照，老師平易近人一般都不拒絕：「好，好，影啦影啦，喺邊度影呀……」，然後理一理襟袖，對着鏡頭微笑，或坐或立——當然一定不會「蹲在前排」。2017 年 4 月洛楓的臉書曾上載一幀老師與梳乎厘的合照，相中人，依稀似是《中國學生周報》「書林擷葉」專欄上〈靈魂的補劑〉〈灰下的炭〉〈不要忘本〉的作者盧颿，又隱約是撰寫《不遷》《人間清月》《承教小記》《彤雲箋》《日影行》的小思，更彷彿是創作及整理《豐子愷漫畫選繹》《緣緣堂集外遺文》的明川，還好像是選編《不老的繆思》《許地山卷》《淪陷時期香港文學資料選》的盧瑋鑾；她們，都坐在梳乎厘後笑瞇瞇地望着

鏡頭。合照中那盤「蹲在前排」的法式甜品因蹲得太接近照相機鏡頭，外形比例誇張地扭變、擴大，乍看起來體積奇巨份量奇重，主觀感覺是怎樣也吃不完似的。給燶焗得略焦而微黃的梳乎厘橫亙在鏡頭前，影像因焦距失準而有點兒模糊，卻能意外地幻化成老師辛苦經營了大半個世紀的一片心田。相中人一頭銀髮是皎白明麗的秋陽，晴日和煦，隴畝上隨風隱隱起伏的黃稻微波或金禾暗湧，似有盡而無盡，是任何人都可以共享的甜熟莊稼。

梁偉文・林夕

　　林夕在 2015 年 7 月香港書展的「詞海任我行」講座中表示，三十年前初進流行詞壇時曾希望有朝一日把流行歌詞帶進「文學殿堂」，日後回看，他覺得那其實是幼稚和帶有機心的想法。作為流行詞迷，我十分感激他的幼稚和機心。三十年來，林夕寫下數以千計流行歌詞談情論道，幾代香港人都在其情感想像中成長，果真是「凡有港人處，即能歌夕詞」。要為近三十年來的香港文學做全面討論和總結，這一段文學史，不能沒有林夕。林夕曾在「詞海任我行」借寫給陳奕迅的兩句歌詞總結他創作生涯的第二個十年：「找到了一個天堂，卻少一個方向」。近作〈是有種人〉說：「不只花花世界孕育美夢，沒有天梯也有地上人來耕種」。不再依戀天堂，卻找到方向，是有種詞人堅持要令這兒有風景，叫我耳邊響起了盧國沾的〈青蔥〉：「但係我到此高山峰，更喜歡耕種」。滿眼青蔥，也叫我記起〈昨天園外〉的小小女孩：「你我無法求望星光重耀，你我惟有回望天真的年日快樂多少。風車一轉一轉像以往消失了」。香港流行樂壇光輝歲月的一場美夢，或可由昨天在園外灌溉的年輕詞人說起……

上世紀七、八十年代之交，當林夕還是梁偉文的時候，筆者後來才知道原來曾有幸與他同窗兩載。當年未有林夕，那時我仍有眼不識師兄梁偉文，不知道他已憑〈昨天園外〉在香港黃大仙社區服務中心楓社 1980 年舉辦的第二屆舊曲新詞創作比賽榮獲冠軍（還有〈兒歌〉進入決賽和〈小野菊〉獲選為優異作）。我至今仍很感激初中教我中文的何禎顯老師，令我在英文中學也對中文感興趣。敝校校刊主要為英文，但也有中文部分，每年都有收錄學生佳作，拙文從未有幸能在校刊出現，但我總愛拜讀當中篇章。中四那年，校刊收錄了師兄馮德基的〈昨夜的渡輪上〉（正是那首調寄〈微風細雨〉，後來成為民歌經典的舊曲新詞），叫一直喜愛歌詞的我讚歎不已，明白原來歌詞是可以這樣寫的。時為 1981 年，資訊傳播還不是像現在發達的年代，要到那一刻才驚覺同年 3 月「城市民歌公開創作比賽」舊曲新詞組的亞軍作品原來出自師兄手筆（冠軍是由何潔玲填詞，調寄〈我家在那裏〉的〈望鄉〉）。那時我雖然愛聽流行曲，但留意的詞人主要是黃霑、盧國沾、鄭國江與出道不久的林振強和林敏聰，未有像當年文青般醉心文藝創作，而〈昨夜的渡輪上〉當時也不太流行，夜渡欄河並沒記在心上。

　　1984，香港動盪的一年，流行樂壇反而欣欣向榮，譚詠麟和張國榮開始各領風騷，我依稀記得當年在《唱片騎師周報》讀過一篇文章，作者介紹一個名為「四人行」的音樂會，演唱四位

未成名業餘詞人的作品：馮德基、林孝昇、何潔玲和梁偉文。文中提及音樂會由當時已負笈海外的馮德基的〈昨夜的渡輪上〉展開，因此我對此文印象較為深刻。那次我沒機會躬逢其盛，幸好文章作者梁佩玲對音樂會有詳細的論述，故對之有粗略印象。除了〈昨夜的渡輪上〉和〈望鄉〉外，當時的我對其他詞作並不熟悉，但讀到最後談梁偉文的一節，我卻感到似曾相識。一向疏懶的我那時沒有查證，又要到數年之後才知當時已成名的林夕其實原名梁偉文，曾經在「四人行」音樂會出現的梁偉文。這個梁偉文，原來就是曾有文章〈夜讀〉刊載於收錄了〈昨夜的渡輪上〉的同年校刊的作者。由於「四人行」為香港業餘填詞人協會（以下簡稱「詞會」）主辦，愛在沉悶課堂上重寫/惡搞歌詞的我也開始留意詞會，搜羅相關資料，後來也常去信詞會索取 1984 年 8 月開始出版的會刊《詞滙》。沿波討源，才知梁偉文早在詞會於 1982 年 5 月主辦的「全港學界歌詞創作大賽」，憑調寄日曲〈すみれ色の淚〉的〈雨巷〉榮獲冠軍。一手包辦曲詞的〈十月感覺〉則在 1983 年 9 月的「香港青年歌曲創作比賽」中勇奪季軍（冠軍是潘健康一手包辦曲詞的〈神州夜曲〉，有緣的是後來筆者與潘健康成為多年好友）。詞會時任主席黃志華在「四人行」場刊簡介四位詞人的不同特色，說梁偉文「寫詞與眾不同的地方，是不把歌詞當歌詞寫，而直把歌詞當新詩寫」，所言甚是。更重要的是，梁偉文的「歌詞」不但詩化，而且令人覺

得別具型格。

　　當年未有機會欣賞「四人行」音樂會，以下乃後來有機會細讀歌詞之後的隨感，年代湮遠回憶雜亂，細節或許有誤。顧名思義，冠軍級作品〈雨巷〉靈感來自「雨巷詩人」戴望舒的同名新詩。同樣寂寥的雨巷，結着愁怨的姑娘未必像丁香一樣，但同樣哀怨落寞：「暮雨漸落，暮色漸薄，在這幽幽雨巷，飄過這女孩。巷裏寂寞，路中寂寞，她輕輕的腳步，響起遍地渺茫。凝視傘外雨點飄，護蔭一傘淡然落寞。」濃濃的新詩味道，已可見梁偉文融詩入詞的嘗試。〈十月感覺〉他更一手包辦曲詞（林夕也作曲！），也許因為如此，寫來就更詩化：「每天，夢裏多少個十月，是重複的十月，風乾的雙手，在這無風的時候，從未抱緊身邊一片秋，季節，常在匆匆的腳步裏溜走」。現代派以感覺整合意象的筆法，寫出了與一般流行歌詞迥然不同的風格。其他三首都是詩化佳作，調子同樣灰冷。〈是誰感慨〉也是詩味盎然：「車內是漸冷的心頭，車外是漸沉的背後，臨別應該怎樣怎講，也許是全然不緊要……極目凝望窗外……匆匆的腳步不改，到底是誰人感慨？」此外還有分別改自五輪真弓〈問わず煙草〉和〈さよならの街角〉的〈再見朋友〉和〈如何寂寞〉。〈如何寂寞〉剖寫寂寞，已可瞥見其後變成林夕的詞人常常堅強到愛在詞中撫弄自己傷口的那種沉溺：「仍能獨自每晚乾一杯，仍能獨自坐着對空鏡，仍然謝謝過去幾聲問好，原來寂寞會更加安

心，原來寂寞並未只得我」。講分手的〈再見朋友〉題材較為大路，起筆有點像盧國沾的〈找不着藉口〉：「若還未厭倦，何事不語，沉默相看，又怎麼一臉冷漠。若長夜倚傍，如像束縛，何妨直說，畢竟我早已絕望」。詞發展下去，後來「就忘掉快樂，忘掉束縛，誰人着意，只因我自甘冷落」，就已隱約可見後來的林夕情歌哲學。愛夕詞者，宜讀梁偉文之作。

　　除了「四人行」外，《詞滙》也刊載過不少梁偉文早慧之作。1984 年 8 月試刊號收錄了得獎作品〈昨天園外〉，創刊號（總第二期，1984 年 9 月）則有調寄〈一樣的月光〉的〈無題〉：「人人常說只要淚淌那便未成熟，隨人而笑總會令我輕鬆好受，但實在吃力，歡笑就快粉碎」。《詞滙》總第四期（1984 年 11 月）再有調寄〈是不是這樣〉的〈瘋語〉：「頑力拼搏飽對白眼，隨便試試偏會受讚，唯有隨命運落力去辦，常無奈對鏡讚歎一番，這世界滿道理，把守於分寸間，荒誕人群囂張世道，枉花口舌責難」。前者講害怕於人際關係中周旋，後者說荒誕現實之不可理喻，都是後來林夕詞作常見的母題。到了總第五期（1984 年 12 月），《詞滙》「喜報」刊載了他的得獎作品〈曾經〉：「曙光一線，夢裏一現，無奈照醒我向前，縱是明天厭倦所有挑戰。曾着意灑脫地胡混，誰料跌了卻又要翻身，望滿身傷痕，才明白即使嬉笑一生，也常被困」。〈曾經〉是香港電台響應盧國沾「非情歌運動」的「非情歌」填詞比賽的冠軍作品，也是梁偉文第一首正

式由歌星（鍾鎮濤）灌唱、收錄於 1985 年 3 月出版的唱片《青春節奏》的詞作，當時仍以梁偉文的名字發表。查 1982 年底，永聲唱片公司曾經選用部分入圍「全港學界歌詞創作大賽」決賽的作品輯成《香港青年創作專輯》，卻因歌手呂珊解約而最終沒有收錄〈雨巷〉（林夕對〈雨巷〉也許念念不忘，1988 年黃寶欣《她是誰》有同名作品，意境相似但詞不一樣，梁偉文也已變成林夕了），因此梁偉文要等到〈曾經〉才算正式踏入流行樂壇。〈曾經〉可說匯集梁偉文詞會時期作品的特色，人生無奈現實弄人，在此能以簡練直白的文字表達出來，風格比其以往作品更接近流行歌詞。那個叫我明白即使嬉笑一生也常被困的名字，開始印在腦海。然而，〈曾經〉沒有正式把梁偉文帶進主流樂壇，改變香港流行歌詞的契機要到 1986 年才出現。

1986 年 8 月，亞太廣播聯盟（ABU）主辦第二屆 ABU 亞太流行曲創作大賽（第一屆冠軍乃夏韶聲主唱、林敏怡作曲、林振強填詞的〈空凳〉），梁偉文在朋友介紹下替新晉二人組合 Raidas 填了〈吸煙的女人〉並獲亞軍（冠軍乃倫永亮主唱、潘光沛包辦曲詞的〈歌詞〉）：「獨自駕車與寂寥隨處蕩，她慣了靠吸煙，替代獨自談話。墨綠眼鏡隔絕陽光，不想遠望，不需暖光，因她拒絕期望。就讓一支煙，點起一張很想見的臉，冷冷車廂裏，只得這口煙。讓上升的煙，織出一張摸不到的臉，模糊的故事，倒映倒後鏡內」。他以筆名林夕參賽，一鳴驚人，但當時我

還未肯定林夕就是梁偉文。《詞滙》總第四期（1984 年 11 月）已經開始有「林夕」撰寫的詞評專欄「九流十家集談」，但最初我並沒為意原來林夕是梁偉文的筆名。以詞論詞，〈吸煙的女人〉具備梁偉文感覺意象互相帶動的特點，而且筆法更加成熟，如黃志華於〈林夕之初〉所說，能夠有效「以敏銳的觸覺捕捉客觀事物的特徵和外延意義，並以之作為主角內心世界的複雜變化的投射」。Raidas 成員陳德彰是我小學同學，加上歌詞別樹一幟，所以當時已格外留意他們的作品。藝視唱片公司在 Raidas 得獎後立即推出《吸煙的女人》EP，除〈吸煙的女人〉及其 Re-mix 版外，其他兩首歌詞（〈不願置評〉和〈杯中冷巷〉）同樣出自林夕手筆。Raidas 一炮而紅，1987 年乘勢推出《傳說》，大碟除〈人海寫真〉（詞：小美）及〈傾心〉（詞：若愚）外，全出自林夕手筆，當中包括詞人在「詞海任我行」說當年自視為「身價之作」的〈傳說〉和〈別人的歌〉。其他歌詞（〈某月某日〉、〈穿黑衣的少年〉、〈再見朋友〉、〈低調感覺〉）都呈現出強烈的梁偉文風格，細讀歌詞，那時我才肯定林夕是誰。

〈吸煙的女人〉獲獎之前不久，《詞滙》仍有刊載梁偉文詞作，如總第六期（1985 年 1 月）便收錄了〈無風的午後〉：「熟悉的是那感覺，陌生的是四周相識，都是一個動作，無非說笑談天，用說笑故意粉碎沉默，用冷笑勉強掩蓋寂寞。重複向外凝視，點上一根煙，由它悄悄燃掉一天」。愛「點上一根煙」的詞

人後來就讓一支煙點起一張女人臉，這裏用冷笑勉強掩蓋的寂寞，後來伴隨吸煙女人駕車隨處蕩。雖然情懷不同，在載於《詞滙》總第十二期（1986 年 4 月），調寄〈我曾深愛過〉的〈車中人〉已有車中看人的情境：「撲面的風塵，轉瞬飛身後，最後無近無遠，又如何望穿。既是車中人，只向街中望，那料曾在何處，被旁人靜觀」。要言之，《詞滙》時期的梁偉文作品，亦不妨與變身林夕之後的名作對讀。比方，總第十期（1985 年 9 月）有調寄〈龍〉的〈變調〉：「童謠漸遺失，叫囂聲中已變調」，雖然題材不同，但與〈傳說〉中愛情傳說的變調遙相呼應；總第十三期（1986 年 7 月）則有調寄〈誰令你心痴〉的〈好戲〉：「如溫馨片，常逼真的上演。驟冷的街頭，刺眼的燈光，像為佈景而照⋯⋯望着角色談笑，我狠心的拍掌。」〈別人的歌〉亦有類似寫法。篇幅所限，此處不贅。此外，〈車中人〉歌詞下附「作者寄語」有此剖白：「詞中『無近無遠』、『被旁人靜觀』、『如何望穿』等句，處境卻頗為尷尬，放於歌詞之中嫌過於書面，不夠口語化，但『無近無遠』、『如何望穿』所顯露的純知性，放於新詩之中又可能過於外露。關於詩和歌詞兩種文體的本質差異，我還是陷入朦朧的思想掙扎之中。」由此可見，那時梁偉文還在詩和歌詞之間小心探索，到了〈傳說〉和〈別人的歌〉，變身林夕的他則已開始掌握箇中奧妙。按林夕「詞海任我行」的說法：「當年這種類型的創作〔如〈吸煙的女人〉〕會招來不少當時看起來比較激

烈的負評。我很不甘心,這既是缺點,也是優點……我開始明白歌詞和現代詩的不同,歌詞是需要聽的,而不是只是看的。所以,這首歌受到負評後,我認為自己必須學會更多本事和技術。」磨刀多年,終於成就了流行詞壇的一場美夢。拙文(載於2012年11月CASH周年晚宴暨金帆音樂獎頒獎典禮「CASH音樂成就大獎」場刊)一段舊話或可概括 Raidas 時期的林夕:「自某月某日起,香港流行詞壇,照例要由林夕說起。林夕早期與 Raidas 合作,詞作充分展現其捕捉都市人疏離無奈,冷眼看命運在轉彎的驚人洞察力。『雪甚,卻無聲』,在雪中趕路的人偶爾碰上擦去內心積雪,但很快又要各自上路,雪再堆積心頭。歲月長,衣裳薄,林夕的低調感覺改寫了流行詞壇的公式。不論是『彼此都太熟悉,才逃避對望』的朋友,或是『照例由誓約談起』的戀人,都令樂迷感到既熟悉又陌生,驚覺流行歌詞原來可以這樣書心寫情。」後事如何,詞迷皆知,不在話下。

常言道:「勿忘初心」。本文以梁偉文為題,記香港流行曲一段如「夢」歲月,重溫昨天園外的年輕詞人如何灌溉,也記當年原來曾經有緣校園相遇的一段往事,讓我「回望天真的年日快樂多少」。林夕曾在「詞海任我行」說他是「一個善於批評和鞭笞自己過去的人」,但我依然相信「倒映倒後鏡內」的往事,也可以是前進的方向和動力。昂然進入第四個十年,林夕繼續寫他痛愛的香港,我慶幸仍然看到詞人自創無數可能。且讓我以〈夜

讀〉（載於喇沙書院 1980-1981 校刊）的結語作結：「夜已盡，濃茶已冷，一雙疲倦而沉重的眼睛亦已慢慢地閉上。不，我要清醒，睡覺嗎？這對我來說未免太奢侈了罷！」謹借此寄語粵語流行曲，也心繫我所愛的香港。

深井
——給父親

呂永佳

　　下車之後，是一條陌生的馬路。馬路兩旁是不知名的私人
屋苑，我嗅到一點海水混雜垃圾的臭味，可能我總覺得香港的
大海已被污染。再走過一點，有一條大坑渠，我四處張望，
路人很少，車開得很快，我在默默尋找「XX地產」的大字。後
來我知道，大大而搶眼的字，不是給我看的，我只是來見暑期
工。一個害羞的少年，來到這個地方，這個地方有一個動聽的
名字：深井。

　　深井，可不是，掉一顆石頭下去，然後聽到空空的回聲？

　　深井是我意識到父親教育我的起點、啟蒙之地。考畢高級
程度會考之後，父親便叫我找暑期工。我獨個兒到深井見工。
父親對我的教育方式，跟姐姐不大一樣。我知道姐姐見第一份
工，是到廣華醫院，父親陪她一起去，即使是會考時，我們要
到不同的中學考試，或遠或近，父親都會先在考試前跟姐姐走
一趟；然而我呢，我甚麼都是一個人去的，那時資訊科技並不
發達，現在我也無法想起來，到底我是如何知道前往的方法。

我並沒有怪責父親的意思，這是父親給我最好的教育，實際上從小到大，父親給我全天候的保護，從選中小學、升讀大學到後來長大置業，他的幫忙與扶持是無盡的。金錢與物質的支持，是快速的；但精神的教育，卻是步步驚心的。他常說：快點認識社會的黑暗，要獨個兒解決問題。我漸漸看到社會的暗角，世界的涼意。

是的，我的第一份工作便是當地產經紀，我深信沒有一個地產經紀不愛錢。到深井見工後，我回家跟父親說，他們已聘請我，當他知道那是大機構，他便立刻安心了，叫我放膽去試。後來因為我的中學同學當了地產經紀，我索性申請跟他在同一家店中工作。於是我的工作地點由深井轉移到荃灣的麗城花園。由這一刻開始，我看盡人性的真面目：謊言、出賣、見利忘義不惜大打出手，天天如此。我本來就是想打發時間，並無「爭客」之心，卻也被同事陷害了好幾遍，同時也因為不夠「積極」被上司責罵。很多客人根本是同行，卻假裝客人向我索取資料，而且時時刻刻戴着親善的面具。我首次意識到明白到香港社會，利字先行的一面，友善總帶着互相利用的性質。總之，微笑背後，總有着冷冷的計算，你真心對人好，人們也會覺得你身後藏了一把刀。

我想問問上天，如何鑄造一個人的生命？這是我對成人世界的失望的起點，當然我不知道有更大的失望要來。

我回想起來，我對社會和人性的看法很多時候承襲自父親。父親為人守時，從不爽約。他曾經因為親戚遲到，憤怒離場。他有「早到」的美德，假如約七時正吃晚飯，一般而言他六時四十五分便會到達。因此假如我約他吃飯，我絕不敢遲到。實際上假如我真的遲到了，他也不曾責罵我，只道：不要緊，最重要無壓力。其實為甚麼他這麼重視守時呢？他說過：你的是時間，我的也是時間，為甚麼你要別人浪費自己寶貴的時間等你？他極重視的是人與人之間的尊重。父親不能理解別人遲到的原因，是因為有些人從小並沒有受到這樣的教育。他們不曾易地而處，只會覺得：才遲到十分鐘，十分鐘罷了。他教導我，如果你是別人的下屬，不可以遲到失約，假如你是別人的上司，更不可以遲到或失約，因為失去的不只是關於時間，更會失掉人心。

　　這是小事情，但見微知著，人與人之間的關係，實際上是建立在無數的小事情上。積累充滿稜角的小事情，人與人之間的關係便會崩潰。父親為人正直，像俗語說：「有個句講個句。」他對上司，敢於痛斥其非。與其說是擇善固執，不如說是不甘壓抑。父親年輕的時候，為人「火爆」，將近退休時突然想晉升一級，於是才稍稍收斂「火爆」的脾性。然而為人依然誠實，在不可說真話的情況下，教導我凡事說話留三分，這是寶貴的經驗傳承：用最壞的心去猜度別人，也是一個有效的自我保護

網。一位同事曾經寫了一張小便條給我，她說：「誠實是基本的美德，是最好的策略。欣賞你在習慣說謊的世界再次提醒我們。」我常常覺得，周遭的人都很敏感，工作上我時常覺得，你對別人誠實，別人也不一定對你百分百誠實，但或多或少會拿真心出來對待你。因此我的誠實有「策略」的成分，可是另一部分，的確是有真心真意在裏面的。我深深認同張愛玲說：人是最拿不準的東西。也覺得，有時候對人不要有太大期望。

在香港生活，無法不承認人性中醜惡的一面，也得承認生活艱難。父親成長於六、七十年代，沒有好好受教育的機會，卻懂得很多做人的道理。我常笑他：曾教導你的老師大概已經投胎幾遍，因為早給你「激死」了。實際上父親唸至中三，不喜歡閱讀，數理邏輯卻是極清楚。他常自嘲如果他有唸書的機會，一定有一番成就。我是贊同的，因為父親的確很精明，而且能言善辯。他明白教育的重要，所以給姐姐和我最好的教育。在文學路上，父親一直默默支持我，唸中學的時候，因為要想修讀中國文學，在迷濛的十字路口中不知如何是好，父親決斷一句：「轉校就轉校！」一定要讀自己喜歡的科目。大學選科期間，我的分數僅可以選擇入讀中大歷史系或者浸大中文系，父親又說，不要選名校，選中文，你喜歡中文。小時候我喜歡閱讀，他不惜從實惠搬一個「不鏽鋼」書架回家，我們一起依着極複雜的說明書，鑲嵌一整個下午：是期望、心意，還是

一橫一豎地建設未來？母親說木書架不就好了嗎？父親說不鏽鋼最耐用。父親渴望所有東西都是恒久的，安穩是他心中的生活基石。

父親給我實實在在的禮物，是一對 Nike 球鞋。我們的家庭並不富裕，可是父親還是會買禮物給我和姐姐。我還記得小時候的那隻過大的球鞋，在街市的褐色紙皮上容母親放下兩隻手指，小小的腳掌便開始感到空間的局限；還記得那荃灣的街頭嗎？魚就在後方蠢蠢欲飛，陽光下我奔跑幾步恍如踏着不會爆破的肥皂泡。這球鞋踏上了多少年的街道？從前星期天我們一家人會走進茶餐廳，我看着早晨的卡通，大叔叫我選一隻馬。後來餐廳換了新的裝潢後來變成凍肉店——還是另一家茶餐廳呢？原來在這家店鋪的不遠處，就是我人生其中一個啟蒙之地：荃灣麗城花園。我知道球鞋還沒有破今天在我的鞋櫃裏被擱置，連同我的記憶慢慢沉降，但不曾消失。

舊唱片店裏播着新的流行曲，街市還在呢，人們還是在不住議價，老闆說他前方多了一座山名叫萬景峰，天空便暗了，陰影裏他要開一盞大光燈，好像讓我能照清雞蛋裏有沒有一隻誤來的小雞。是從前的我嗎？我總不忍穿着新的球鞋踏入街市，拖着母親的手偷看紅色膠袋裏半隱現的魚，偶然牠還會掙扎的後來卻沒有了。何時鞋子上有了一道黑色的幼痕呢？像魚身銀灰的骨像被拆掉的翼。

荃灣不遠處就是深井，荃灣的對岸便是老家青衣。如今荃灣已經變成天橋之城了。世事幻變，我們或許只可以用目光照亮自己。清風還會吹過街道和舊樓之間，新的商場建成了就在那粥店的旁邊，是兩個市鎮嗎？馬路有了亂撞的影子，我忘了原來的路是否還有一間玩具店。走着走着，鞋店裏還賣着便宜的舊款球鞋，還是要大一個碼吧，那位母親靜靜地說。孩子呢？還是想立刻穿上，彷彿踏上了懂飛的白雲，看着鞋店的櫥窗裏映照着藍天浮移。我想小心翼翼地拆開深井的回聲，不同的圓造就的斑駁漣漪訴說關於時光的故事。如果世上真的有造物者，我必須感激，祂讓我遇上我的父親。

屐皮與牙籤筒

巨人的秘密

我出世的時候，父親已長出了渾厚而圓鼓鼓的肚皮；還有，已經離棄（其實不得不割捨）當畫家的夢想，在巴士公司當夜班工人。廣東人叫胖子下腹部分「肚腩」儘沒錯，我估量它裏頭皮層下不全是脂肪，還橫貫了幾帶堅韌的腩肌，所以頗富彈性。牙牙學語的我，甚麼記憶也沒有，只記得喜歡挨坐爸爸的大腿上，他來扮公園的搖搖椅。爸爸不嫌我贅，打坐起來，兩條大腿上下振動，逗得我扭頭大笑。爸爸把下巴往我的臉蛋擦，短撮的鬚根硬直，活像媽媽用來擦帆布鞋的鮑魚刷，一點點痛癢，反倒讓人興奮刺激，猛力再搖，示意：爸爸，再來一個！

直至有一次，媽媽扯破了嗓門罵我：「下來！快下來！女兒家成何體統？」那是我第一次身而為女性感到的羞慚。不情不願的夭止，不明不白的犯錯；也不知爸爸跟媽媽頂過哪範疇的嘴，再聽，又是女聲：「為老不尊，教壞子孫！」依然是大嗓

門大詛咒。女性對女性的抑壓、嫉妒、冒犯，並不是很多年後通過性別研究才學曉的，從那一刻開始，我打從心底產生了恨惡，恨惡傳統的兩性觀念，恨惡男權中心的女性互虐。當我語言能理解當年媽媽所指，我已離開了需要與爸爸親暱的年紀。許多年後，我才聽說女兒是父親前世情人的誇謬；許多年後，坊間親子理論湧現孩子通過與父母身體接觸感受愛、認識兩性的說法；許多年後，我第一次陪伴父親看醫生去，與他並排坐在巴士下層，我扭頭注視父親銀白的鬚根，參差錯落，恍如隔世，竟寫下了詩句：

> 輕擦你六十年長長又刮掉的鬚根
> 讓我那把長不完的鬢髮
> 隨春風撫平你的眉額

——〈途上〉

　　春風可會撫平父親的皺額？父親可曾讀過我的詩？我竟然沒有印象。他畢竟像神秘的巨人，鬍子愈來愈刺，指甲愈來愈髒，口氣愈來愈重煙味，他裏頭想着甚麼，沒有人知曉。那年他退休，從大公司領過一座金牌，回家照例吹噓一番，自詡平生所謂得意與失意，六十年過去了，無人樂於收聽。他踽踽返回房中，悻悻然呢喃甚麼捱過一輩子，只掏得一個爛貓子的假金牌。我目睹他肥厚笨重的身影，緩緩轉身開門，看來巨碩

的身影，陳套的，生硬的，讓人聯想起少時多不甚了了的〈背影〉。父親，原來，竟然，背向我時，永遠看不到他眼中的際遇以及包含的眼神，永遠是個秘密，才是真實。然而，留意他背人偷說的話，也不是一時三刻可以聽見。

牡丹花與金魚眼

我一直對他有一種恨惡，這恨惡早代替了幼兒嬉戲的玩樂憶記。未夠三歲，給他捉住小手，學寫毛筆楷體。第一次接觸的文具，是一枝開岔的毛筆。臨摹尚未理解的「上大人，孔乙己」。筆與掌心，規定放得下一枚雞蛋。

平生第一個暑假，給他逮住編配課程，清晨起床練字學畫。第一課，他認真地架起畫板：畫牡丹。誰知不上猶自可，一上就中計。畫了整整三天，都是要我在畫紙上毛筆頭按三回，左中右，必須一筆完成，不得斷筆重畫。有時手把手，有時逼我畫滿一紙，很多時我失控大力按下，甚麼都不是。這重複的操作叫人氣餒，這是甚麼東西？一片花瓣。甚麼？練了多天不過是一片花瓣而已矣？甚麼時候畫整朵花？先畫好一瓣再說？真實的牡丹從沒見過，怎知畫得像不像？我想畫魚，魚容易畫。花鳥蟲魚，先由花入手。直至能分輕重，花瓣立體晶瑩為止，才可以畫第二片。天啊！我不畫了！！我脾氣鬧大了，使勁丟擲毛筆，跑開。爸爸憂愁了，「你不學，誰來繼承我衣缽

呢？」

　　父親又給媽媽責罵：「教認些字學學心算不就是了罷，這年頭畫畫搵到食咩？」我得勝解脫。擋災的是二哥，跟父親學畫學得最持久的也是二哥。父親上夜班，曾興致勃勃的拿一袋二袋的塑料牙籤筒回家，每袋有半個人高，紅橙黃綠，色彩繽紛。父親回家不補眠，低頭細描牙籤筒，畫了一隻栩栩如生的翠鳥，羽毛一層一層的從脖子覆蓋到尾巴，肚腹也是圓鼓鼓的，只差喙尖，交給二哥。二哥點斟灰黑色的墨，勾嘴，筆走鐵畫斜斜的樹枝，給鳥兒站住腳。交到我的手上，已是無可無不可的點睛。我一直弄不懂，為甚麼把火柴頭剝去，柴枝點黑後可以印上小圈圈的眼珠來。父親給我最不重要的幫閒差事，我索性搗蛋，把眼睛點在臉頰上，產生畸胎。父親發現了，緊蹙了眉，觀摩着牙籤筒：「這個不能交人了，留在家中用吧。」他看得出我故意胡為，卻竊喜找到了偷偷留下作品的藉口，所以有時我故意加墨，令眼睛「充血」全黑，好多留一個次貨在家中，最終，這些牙籤筒都用破了，沒有一個留傳。

　　曾幾何時，父親以畫為生，畫的是屐面，香港人管它叫「屐皮」。五、六十年代流行穿木屐，看來倒不像日本，緊身和服下的木屐穿過腳趾，鞋板下敲得撲撲拓拓，朝氣勃勃；荷蘭的木屐，包裹整個腳掌，根本是隻鞋，鞋頭朝天，頤指氣使，鞋面細描歐陸風光。香港的木屐流行於民間，普羅大眾，不必裝

模作樣的。爸爸説，窮的穿淨色不花俏的，人手裝飾花鳥蟲魚的自是富貴人家的用品。我還未出世時，父親在深水埗開了工場，聽説高峰期請了兩、三名伙計，父親只畫半天工，下午吃茶談生意去，回家畫山水自娛。或許，他也曾有過靜候夢想起飛的階段。

可是我從沒看過父親的屐面藝術。他説早期畫皮面，後期畫膠面。顏料特殊，下筆一點也不能錯，沒有重畫的機會，皮料昂貴，壞不得，塑膠質地，難於上色，從來不是易事。父親這門屐皮技藝，隨着工業發展大量生產遭淘汰了，加上潮流易轉，父親的生意一落千丈，他常説，總有一天，香港人會把這手繪的工藝當成寶。在生活壓力下，他打工去了。看過一齣粵語片，講述張瑛人浮於事，在香港大街上四處找工作，導演利用特技把人物套在會轉彎的香港夜色街頭，代表他走過多少路，碰過多少釘。我常想像，那段日子，父親不肯去做工廠王子，有一時沒一時接加工產品來畫，最終迫着尋覓工作，是否掛着張瑛那份惶惑？

萬能泰斗的心事

老爸的生意沒落了，他的畫興也丟了。人愈來愈自大，事無大小，自封萬能泰斗。家裏的枱椅廚櫃，他也堅持由自己親手製造。水喉電器燈泡，無不一手包辦修理，弄得家具奇形怪

狀，粗糙寒酸。偏不肯幫忙媽媽操持家務。媽媽曾激憤地投訴他討厭孩兒，大姐剛出世，他不肯幫助照顧，卻大罵母親沒有止住哭鬧。那時父親的工場慢慢收縮，埋頭在家中畫牙籤筒，交出來的家用愈來愈少。

我本來也恨惡他那副吝嗇相。唸書那麼多年，從沒有給過半分零用，也沒有給買過洋娃娃和煮飯仔。有需要花費嘛，必須在他抽屜的精裝筆記本大作文章，申明理由、銀碼、需要日期。寫錯字罰抄二十次，非常嚴苛。慶幸我的文辭不賴，沒有哥哥和姐姐那麼耐不住之乎者也。有時，為了十元八塊的筆記影印費大做文章，上天下地：父親大人膝下……經國之大業學習之迫在眉睫，影印科技的進步整齊筆記之必要勤學多讀之切切渴慕。總之，但求情文並茂，語不驚人死不休，最後例行不勝感激叩稟云云。盡量滿足父親好文弄墨的宿儒本性，投其所好，卻覺得這種對話拉遠了距離，並不真心。

父親為人，愈來愈勢利，話多聽不入耳。他有一套「多讀書，多賺錢」的哲學，慨嘆自己錯過了讀書的機會，認為理科生更容易找工作，找工作最重要有錢可攢。選科那年，我一意孤行的選修文科，一心一意唸中國文學。那年頭，我滿頭滿腦的夢想，哪管得上錢和生活。歷來文人，都不屑銅臭，沾染名利場。當時我理科的成績名列前茅，數理化九十分以上，父親認為是讀醫科的人才。出奇地，他沒有竭力阻撓我這影響一生的

決定。記得我遞上選科填表，他不發一言，低頭簽了。眼珠直勾勾望着桌子旁摺窗外的騎樓，騎樓鐵枝外的街頭，遠方被對面的徙置屋邨所困，他在想甚麼呢？他沒有向我細問情由，大抵他已知道我不是玩鬧的。《帝女花》裏的崇禎帝選婿，對周世顯說：孤王習文，你又習文，致令到今日破碎山河，恐怕無從挽救。小時常常跟他一起唱，習武的周寶倫，最終出賣舊朝，一切以解決生活為先。亂世文章有乜嘢用哩？我不知道。

父親死於突發的冠心病，事前絲毫沒有跡象和預兆。當年搭橋手術不普遍，也未流行手帶型的心電記錄儀，醫院只有一部心電儀，駁接在一名心臟衰竭的老人家身上。他沒把話說完，心肌突然梗塞，人一拉直，躺下，就再沒有起來了，連把心電儀接駁也趕不及了。旁邊的老人家還在呼呼的抽氣，一點事兒也沒有。事實上，我們一家人都沒有因失去了這位重要的成員而衍生任何變化或不適應的調整。我不時想，若當年醫學稍稍昌明一點，公立醫院的儀器稍稍多一個「備份」，父親稍稍怕痛多呻吟一下，我是否終於膽敢把剛出版的詩集給他細看。

父親去世前，沒有見過我丈夫當時的男友，遑說是他的孫兒我的兒女，參加我的博士畢業禮當然更是遙不可及。大學畢業典禮的相片因為菲林出錯，永遠沒有曬出來。我這生的成就，若有的話，他也沒有目睹過。舞文弄墨，亂世作文章，他怎樣想？

我們是那麼接近

升上中學，父親愈發欣賞我，可是堅持不當面讚賞我。我不知他裏面想甚麼。我愈來愈反叛，愛揭他的瘡疤，取笑他的發音，發掘他學問的愚拙。父親也曾有過反叛的青蔥歲月，他讀過九年書，最津津樂道的是他在人稱「卜卜齋」的民國學塾唸書的日子。他認為那時的卜卜齋齋長最有學問，隨時引經據典，熟稔四書五經唐詩宋詞。齋長不謬解，上課就誦讀詩書，學生跟着背誦，背不好就籐條侍候。爸爸說有時不甘心，逃學登山畫山水。他最羨慕的老師，就是教國畫的。與其腹有詩書氣自華，他更渴望不要人誇好顏色，只留清氣滿乾坤。

那時太祖母在家鄉是大富大貴之家，祖父母也不用工作，祖父更是吃鴉片度日的典型二世祖。父親不愁衣食，卻沒有適切的關注，上學竟成為唯一的安慰和生趣。可是，時勢變遷，當時國家加推國民教育，教育改革，取締農村的私塾。人人要讀小學才可升中學，父親年紀漸長，為了升讀中學，也交了十二塊錢昂貴的學費，給安排上正規小學。上了小學，讀常識、數學、地理，父親百般的厭惡。數學念九因歌，不及珠算快速；讀國民中文，他嫌白話文淡而無味；讀常識，老師是個混飯吃的，照本宣科，經常解錯，他不斷反駁，不斷質疑，成為了問題學生，經常被罰，經常逃學。讀了兩年，便退學了。可惜，這轉折，誤了一生。大戰來到，太祖母辭世，家道中

落，父親抱着一個會浮的籃球和一去不回頭的決心，游泳渡過珠江，在香港登陸。父親曾嗟嘆，沒有機會好好唸書。後來讀魯迅〈孔乙己〉，了解舊式教育下出身的人如何被世界遺棄，新國民教育推出卻也不一定惠及普羅，店小二十二歲做童工。父親常說，時代不同了！新教育體系的小學課程，從沒人唸過，找誰來教？找來的何嘗不是私塾裏混過來的先生？

我沒有見過爸爸的小學課本。有一回母親執拾舊物，發現父親一箱舊書，正要丟棄。我從故紙堆中發現了線裝的《唐人萬首絕句選》，版權頁上是國難後二版，民國二十二、二十三年（即 1933-1934 年）的版本，在上海河南路商務印書館復刻上海涵芬樓仿古活字印。紙面已裂開成河泊狀。這部書是怎樣跟着父親蹉跎？抑或他在香港搜購，好緬懷兒時美好的風光？我又重遇小時常偷看的《芥子園》。後來我得悉牡丹的花瓣多數有三輪，那年的一筆三按大有來頭。後來請教國畫高手，有說牡丹起筆方法不一而足，父親這起筆法，到底屬誰家套路，時代變遷，已深究無門了。

我沒有見過爸爸畫屐皮。我再見父親繪畫，已不是加工繪花這種手工業。中三語文課本有朱自清的「月朦朧，鳥朦朧，簾捲海棠紅」，由畫家馬孟容繪畫的小橫幅引發靈感的描寫短文，老師吩咐同學嘗試復刻原畫。爸爸看過我的木顏色畫，單薄無神，如何解得通明文章所指。他一時興起，用花青、藤黃、朱

膘起工筆，誰知時值夜深，為了明早交貨，他又以意筆草就簾外風光。我早上看見桌面的成品，既不見設色柔和，也不足以動人，區區尺幅，情韻又不厚，加上請槍代畫，終歸恥於表白，課堂上低調獻醜，神不知鬼不覺。這畫要在媽媽把他的作品全部丟掉，多年之後始重見光明。原來因為畫上並無父親篆印或簽署，夾在我的舊課本筆記中，媽媽不肯定是否兒女手筆，翻出來給我看，忽覺眼前一亮，淪肌浹髓。最終我就只能保留了這幅沒有署名的遺作，殊覺遺憾。

即使父親離去差不多三十年，我總恍惚覺得他不曾離我遠去。某些細節浮動，我無法不隱隱渴望他的存在。事實上他平生並無富貴積存，留給我一枚親雕的篆刻。用篆體刻上我的名字，放在如棺木的小木盒內。父親在世並無恒產，只遺傳我這個名字。至於父親關於繪花屐皮和牙籤筒，從私塾轉型國民小學的委屈，俱隨時代淘洗而空，不再成為話題，只好以文章聊表補佐。

赤腳道人

邱心

原來我們不是顧念所見的，乃是顧念所不見的，因為所見的是暫時的，所不見的是永遠的。

——《聖經·哥林多後書第四章十八節》

我搬回九龍城的第一天，尚未從混亂急忙之中恢復秩序過來，第一個碰到的，就是他——

對於身外的世界，尤其是與人事有關的，我總習慣含混過去。不止一次，親人從身邊徐步而至而我依然視若無睹，彷彿前塵已過，一刻的偶遇只是來生的錯置。所以，對於他，也不是我第一個把他認出來的，而是女兒水水指給我看：

「媽媽，你看，那個騎自行車的人，好奇怪！」那天，一大清早，我好不容易才把數十箱的雜物弄到這裏來，已經下午三時了，飢腸轆轆，我想大概真的只有小孩子，才還有如此閒情看風景。我順着水水所指的方向望過去，疲乏欲睡的五官好像突然甦醒過來，最先醒來的卻不是眼睛，反而是耳朵——

*　　　*　　　*

「你的辦公室好特別，放了這麼多的花瓶，你甚麼時候開始喜愛搜集這些東西呢？」我參觀同事 Chloe 的新辦公室。甫進室內，就有一種異樣的感覺，說不出的陌生與奇異，卻不好開口說清楚。她的辦公室在所有的書櫃頂、書堆旁、書桌上以至地上任何有空的地方，都放滿了大大小小、顏色不同、設計各異的花瓶。有小巧古雅的青花瓷，也有倒梯形工業風十足的銅鏽坐地大口瓶子，還未加上窗台旁擺上一行行排列規整的雪山牌礦泉水，淡藍帶白的雪山在玲瓏剔透的膠樽映照下，虛浮不實，鏡花水月，即使外面冬陽暖暖，隔着灰綠的百葉簾，整個辦公室仍然散發着一種寒滲滲的冰涼。

「不是。這些瓶子，全是一位『高人』給我的。」她坦然道。「這叫『千瓶雪山陣』。花瓶在堪輿學上具權貴之意，水代表智慧，雪山之水，純中之純，是智慧最高的象徵。」她一面娓娓道來，一面走近電腦旁，按下鈕鍵，流水聲淙淙而下，高低輕重，緩急有致，輕柔細語，更勝大自然。坦白說，這等奇異的聲色佈局，居然出現在我所工作的地方，真的出乎意料之外，令人有點不知所措。我看不到自己當時的表情，只依稀記得為了尋找安頓處，故意走近書架旁，專注尋找架上相對熟悉的書脊名字。在這個電子材料充斥的年代，我又赫然發現不少近期出版的名字，有書本，也有期刊。

Chloe在學問上一向是認真而努力的，這一點從沒改變，我

暗忖。

　　也許我當時看得太入神了，她不得不提高聲線，好讓我從流水聲中辨別出她的話來：「嗨，連我這個讀番書的也懂得這丁點的中國文化，你是讀中文的，沒有理由不知道這些吧？」她見我有點反應，略為遲疑了一陣，才湊近我的耳邊，低聲說：

　　「這一層的辦公室，幾乎所有人都擺陣，有一個擺陣後就成了『直升機』呢——你真的從來沒有聽說過嗎？」

　　　　　　＊　　　＊　　　＊

　　水水所指的方向傳來的是響亮的喇叭聲，我回過神來，仔細一聽，播放的樂曲旋律很簡單，像是靈堂上反覆迴旋的宗教樂章，永不停止的喃嘸頌唱。喇叭箱是放在自行車的尾端，尾端前有一幅應該是宗教圖像，已經褪色了，紅的黃的都化成一片混沌的色塊。再靠前一點，就是騎車的人了。這天，他頭上戴着一頂三角帽，一月初，天氣微寒，他身上卻只穿着破舊的背心，及膝的短褲，隨着樂曲一路引吭高歌，騎車的速度不算慢，看來仍然很有力氣。他那並不協調的歌聲打亂了原曲的沉穩，我也許如大部分的路人一樣，直覺他不是一個正常的人。

　　我下意識把水水的手拉緊一下，故意停在安全島上。好待那人揚長而去之後，才繼續過馬路。

　　「媽媽，你有沒有看到他的雙腳？」水水在安全島上，望着

他的背影，問我。

「啊，雙腳？沒有。」我說。

「他為甚麼不穿鞋子呢？這樣騎車，腳底不會弄傷的嗎？」水水問，一臉不解。

「這個……媽媽也不知道。」面對小孩子的問題，我不知道的太多了。像這樣的回答，她早已習以為常。水水這個發現，卻令我聯想起很多關於「赤腳」的意義。身無分文懸壺濟世的醫生、隱世求道的苦行僧，以至最後在雪中「光頭赤足，披大紅猩猩氈斗篷」的寶玉……但，像這樣的胡思亂想是否又有點無稽？「其實，媽媽之前也見過他的。」我終於說出來。「猜不到今天搬來這裏，又遇見他。」

「真的嗎？在哪裏？」水水突然好像他鄉遇故知，興奮起來，拉着我問道。

「在何文田。」我說。「媽媽工作地方的附近。」

＊　　　＊　　　＊

「我這個秘密……放在心裏很久了。……因為你也有孩子，所以才敢告訴你……」有一天，舊同學美玲約了我在工作地點附近的商場見面。同樣在冬天，而且那天是當年最冷的日子，氣溫只有十度左右。眼前的她，韓式打扮，頭戴粗條織花的圓冷帽，上黑下灰的寬身絨布裙，加上臉上精心的「裸妝」素顏，

四十歲多了，皮膚看上去仍很白嫩。假如不是一臉愁容的話，相信沒有人能夠猜到她的真實年齡。

「你沒事吧？囡囡可好？」她問我。我見她那樣憔悴，又如此一問，反而擔心她起來。

「你的囡囡已經五歲多了吧？」她見我不應，又把話題拉遠一些。

「是啊。」我算一算，她的孩子比我的大三歲，已經八歲了。她的孩子考上了好學校，在音樂和數學上又很有天分，經常獲獎。美玲是很喜歡小孩子的，而生活上又支持到她不用外出工作，看來一切尚好。當然，在這個壓力巨大、好像隨時都會崩潰的城市中，這也許並不代表甚麼，畢竟家家有本難唸的經。由於大家都忙，她好久沒有單獨約我見面了，這一次卻還怕打擾我似的，特別到來與我吃午飯，看來的確有要緊的事情商量。她沉默了一會，神色更凝重，我提醒自己不能掉以輕心。

「你的女兒快要考小學了，有甚麼準備嗎？」她問。我把女兒的近況向她簡單的說了一遍。提到孩子，這一代的父母，誰沒有壓力呢？

「你的女兒……」話到嘴邊，她又沒再說下去。有甚麼難於啟齒的？我竟然也開始神經緊張起來。

「你的女兒……是資優的嗎？」她終於鼓起勇氣地問。鬆一口氣的是我。

「當然不是。」我說，然後把女兒弄笑話的瑣事說給她聽，希望緩和緊張的氣氛。

「唉！」她看來沒有從中分享到甚麼喜悅。「為甚麼我們的孩子不是資優的呢？」她突然打斷了我的話，長長的嘆一口氣。

「我們的孩子？資優？」我重複問。實在弄不清她想說甚麼。

她又沉默下來，望向餐桌旁的玻璃窗。餐廳在三樓，望下去正好是佛光街的馬路主幹。中午時候，車水馬龍，大概是紅燈吧，很多穿着校服的中學生和外出吃午飯的人，都擠在路中心的安全島上。人愈來愈多，有些更被迫站在交通燈的石階上。

「是啊，我們當年在大學的成績都不錯，應該有一定的智商。我不明白，為何自己的孩子不是資優的？」說到這裏，她有點激動。

「你的孩子已經很不錯了。假如是資優的話，那又怎樣呢？」不明白的反而是我。

「資優當然很不同！你知道，現在和將來的競爭都只會有增無減。不是資優，肯定是最快被淘汰的那一批！說老實的，我身邊有很多家長和朋友，他們的學歷背景沒有我們那麼好，工作和家庭條件也不及我們，但他們的孩子全是資優的！他們花的力氣少，孩子的成績好，考上的是最好的學校。我卻為教養孩子不知道付出多少心力！……上天為甚麼那樣的不公平？」她在近乎歇斯底里的傾訴中，最後一句，聲音卻突然低下去，想

哭，又似很無力。「真的，資優的孩子那麼多，為甚麼我的孩子不是？」

「噢。」我不知道如何接下去。交通燈都過了這麼久，為甚麼還未轉綠色的呢？行人愈來愈多，再等下去，安全島肯定負擔不來。

「我知道這個想法很荒謬。」她的聲音回復平靜，而且帶點愧疚。「非常瘋狂可笑。可是每次看到自己的兒子，我總無法避免那樣想。你看，怎麼解決好？看心理科有用嗎？」她緊握雙手，抬頭問我。

交通燈終於轉綠了。正當安全島上的人群急於疏散時，一輪自行車卻無視路人，於馬路上疾馳而過。萬頭攢動的黑點忽然靜止了。騎車的人裝束古怪，頭戴白尖帽，寒天下粗衣短褲，車尾好像有一個大黑盒，黑盒前掛上一支方旗似的，紅黃相配，卻不清楚旗上是甚麼的圖案。

我用雙手輕拍着美玲的手背。醫治靈魂比強壯的身軀更有用。可是，在這個時代中，我們的靈魂工程師在哪裏？

＊　　＊　　＊

也許由於我對水水說過在工作附近的地方見過那位「赤腳道人」，水水對於「他」的感覺又親切了些。從此，「他」彷彿成為水水和我之間的橋樑。有一陣子，水水每天都會留意「他」的行

蹤。水水不常碰到他，假如他出現的話，通常都是在她放學的時間，大概四時半左右。可能因為是我提過，水水除了留意他身上穿的衣服是甚麼顏色、有沒有戴帽子外，也會特別留意自行車上的畫像。可是，一向觀察入微的水水，卻罕有地與她的媽媽一樣，總覺得那畫像朦朧不清，有時像一幅邊界模糊的地圖，有時像一個人像，有時人像似沒有頭髮，有時又像長髮及地。不變的，只有那雙永不穿鞋的赤腳，如同他播放的那首樂章一樣，永遠奏着同一調子。

　　日子同樣在單調而重複的忙碌中奔馳。不知道甚麼時候起，水水沒有再向我提起那個人了。也許是由於我夜歸的日子多了，回家以後水水已經睡着了？或者因為她升小後的課業日多，無暇留意功課考測以外的世界？在這個城市裏，一個小小話題的消失，當事人自然不會尋根究底的。而隨着消失的話題，我們果然從此再也沒有碰上他了。因果相報，這是必然還是偶然？

＊　　　＊　　　＊

　　「媽媽，為甚麼我們又要再搬家？」有一天，我們在寨城公園對面走過，水水逗玩過鞋店和石油氣鋪的花貓後，問我。這兩年來，她已與那些店鋪的貓狗混得很熟了。

　　「租金貴嘛，業主要加租了。」我說。

「那麼，我日後能夠再見『熊貓』與『卡卡』嗎？」「熊貓」是一隻大狗的名字，「卡卡」則是一隻人見人愛的胖胖貓，牠們都是水水的好朋友。

「以後可以回來探望牠們的啊。」我知道自己順口又說了成人世界的謊言。

「噢，我很捨不得牠們。」水水說。

「媽媽，你看！」突然，水水指向石油氣鋪門前的賈炳達道。久違了的樂章響亮地移近。水水不用再說下去，我已經知道那是誰了。

「水水，你能幫媽媽再次看看那幅畫究竟是甚麼嗎？」我趕緊問。「媽媽有一篇文章，想寫他。」

水水認真地望向自行車那邊。熊貓見水水不走，走出來不斷嗅她，希望能和她再玩。卡卡卻像平日一樣，懶懶的蜷伏在店鋪旁。

「媽媽，你可以把手機給我嗎？」水水看了一會兒，轉頭對我說：「我還是看不清，不如快點把他拍下來。」

我猜不到水水如此機靈，頓了一頓，最後還是說：「那就算了吧。也不一定要看清楚的。」

「為甚麼？」水水有點着急。「我們搬走以後，可能永遠都見不到他了。」

「媽媽想過了，就算我們看清楚，媽媽也不能把它說清楚、

寫清楚。那倒不如讓媽媽想像一下好了。」我拉起水水的小手，望着那人已遠去的背影，輕聲說道。水水竟也沒有追問下去，向熊貓和卡卡再次告別後，便靜靜地與我一起回家，好為明天另一個新的「家」，再作最後的打點和準備。

汽車載走的人與事

林浩光

　　每當走過我家附近的停車場，就會想起與車有關的人與事。

　　大約二十年前，我買了一部綠色的小汽車，無論上班與接載妻兒，都很方便。初時，對新車珍而重之，每星期都花不少時間為它清潔，好讓它時常發放鋥亮的光澤。但日子一久，汽車的風采日減，我的恒心也大打折扣，加上工作愈來愈忙，也就沒有照顧它的閒情了。於是，我把抹車的任務交給了黃媽。

　　黃媽是停車場的抹車工人，大概五十多歲，矮個子，聲線響亮。最令我印象深刻的，是她有一雙分明向外彎的腿子，走路時一搖一擺的向兩側劃着弧線，整個人便好像風浪裏的一隻小船，顛簸不定，卻又努力地破浪而去。

　　以後無論溽暑與嚴冬的早晨，我的汽車都以明亮潔淨的容顏等候我到來，這都是黃媽的功勞。說來奇怪，在她幫我抹車的日子裏，我和她見面交談的日子寥寥可數。每到月尾，她總是蹤影杳然，找她結賬不是易事。後來我爽性轉賬給她，免了找她的麻煩。可是善忘的我許多時會掉以輕心，壓根兒記不起這件事，到了驀然驚覺的時候，已是拖欠了幾個月的錢債。連

忙打電話告知黃媽，她自然心裏有數，卻毫不介懷，反而以響亮的聲音連聲道謝，這反令我增添歉意。

一個炎熱的早上，我照常到停車場去，只見一個赤着膊的青年正在為我抹車，我很奇怪，上前問個究竟，原來他是黃媽的兒子。

「黃媽為甚麼不來？」

「她的膽出了毛病，入了醫院，要動手術。」他的兒子一邊抹着面上的汗珠，一邊回答。

我看着她兒子努力抹車的樣子，感到自己的所謂繁重的工作，並不算是甚麼一回事。水花自汽車的玻璃窗緩緩流下，在晨光的照射下，玻璃好像映現出黃媽走路時左右晃動的樣子。這條久歷風浪的小船，暫時得擱置在淺灘上。歇息過後，它還可以再出海嗎？我默然無語，只好在心中祝福黃媽早日康復。

幾個月後，我再遇見黃媽。她的聲音柔弱了不少，走路時左右搖擺的幅度比以前更大。我問候她的近況，她說人免不了老，免不了病，工作則是防老治病的良方。說時帶點滄桑，但眼神隱約帶着一種看破世情的平淡。於是，我的汽車依然在每天早上發出明淨的亮光，似在催促我上班，展開新一天的人生旅程。

汽車除了要清潔之外，也需要維修。這工作我就交給了球哥。

球哥是車房的老闆，頭髮花白，身形瘦長，説話時氣定神閒，像個教書先生，完全沒有「車房班」的陽剛氣。他把僱客交來的汽車當作病人，每部車都有「病歷卡」，清楚記下歷年的維修狀況。大抵因為覺得他老實認真，所以我樂得把汽車交給他修理。

他是虔誠的基督徒，每到星期二晚上，車房都會舉行團契聚會。那個毫不起眼、滿是油垢的狹窄場地，一下子變成了宣傳福音的聖堂。我並不是基督徒，也從沒有參加過球哥所辦的聚會，想起佛典説：「高原陸地，不生蓮華；卑濕淤泥，乃生此華。」這小小的車房，不就是躁動不安的鬧市中的一朵蓮花嗎？

有一次，我到球哥那裏取回剛維修好的汽車，他拿着「病歷卡」給我報告它的「病情」，以及用了甚麼治理的方法。我付了錢後，他把收據連着一張光碟遞給我，説：「這是我和教友們製作的，送給您有空時看。」光碟的封套雖不算精美，但看得出是花過心思設計的。主體是耶穌在海上飄然而行的圖像，一手舉起，召喚着面帶驚愕神情的門徒。我接過這件意外的禮物，連聲道謝而去。

大抵我沒有接受基督福音的慧根靈性，這張光碟，只粗略地看了一遍，便轉送給一位朋友了。

球哥工作勤奮，客人也多，他那小小的車房，自然不敷應用，後來便搬遷到另一個地方。新車房寬敞多了，依然擠滿了

待修的汽車。看見球哥的工作愈做愈出色，我也暗地裏替他高興。但每當想起他送給我的光碟時，心中便產生頗為沉重的壓力，覺得他的心意被我辜負了。

退休前，我把汽車賣了。雖然失去了在路上奔馳的逍遙暢快，但卻另有一番自由自在的感覺。自此之後，我再沒有遇見黃媽和球哥，但我知道他們一定會為自己的人生繼續打拼。

即使往事已隨我的汽車一去不返，但那隻在風浪中簸蕩的小船，那朵在淤泥中散發芬芳的蓮花，依然存放在我的心上，陪伴我走人生另一階段的路途。

龐大地牢的小天窗
——把畫筆揣在懷中的小販

胡燕青

據爸爸說，我們從澳門偷渡到來的清晨，先到達的是南生圍。我給爸爸或何叔叔輪流背起來，感覺他們在黑暗中奔跑帶來的衝擊。探射燈像巨大的光刀掃過頭頂時，我們都急忙趴下。爸爸的腳底當時受了傷，傷口後來久久未癒。那一年，爸爸三十二歲，我八歲。我們堂堂正正地做了一個月的澳門居民之後，偷偷摸摸地來到了香港。

那是個很黑很黑的夜，我們登上了一艘漁船，在海水的鹹味之上，船的木頭和汽油添上了又一層複雜的嗅覺反應。我知道自己要懂事，這一刻，甚麼聲音都不能發出。船一直走了很久，忽然停了下來。船家和爸爸把我們推到船艙裏。那兒的人很多。今天，我記憶都模糊了，只記得艙門一關上，就有一種可以吞掉所有感官的黑暗從四方八面壓迫過來。我覺得很不舒服，那兒好像一點空氣都沒有，我們快悶死了。後來，船艙的門打開，船又開動了，最終靠了岸。我們開始在濕地田野上奔跑。跑到天色漸亮的時候，有個大叔來接我們。在一間小小的

村屋裏，我們坐下喝熱茶。未幾，那兒的大叔用一輛舊汽車把我們送到市區去。爺爺、嫲嫲、細嫲嫲、大伯父、二姑母、三伯父和中環花布街那座三層高的小樓都在等我們。然後，我在一道拉門的旁邊不知所措地站着，看爸爸坐在嫲嫲的床上，用針把他腳底傷口挑穿，放出一些膿來。他們不曉得一個孩子看着這種情景，簡直驚心動魄，一生難忘。同一時間，爸爸帶着一個傷口，一個女兒，開始了他的香港人身份。

時為 1962 年夏天。那一年，大量人口從內地偷渡來港，但來到的只有部分能留了下來。當時的港英政府沒有固定的政策，他們既收留抵達市區的偷渡客，也經常進行大規模的遣返行動，如 1962 年的大遣返就是其一。感謝天父，我和爸爸因為能夠抵達中環，因此給留下來了。

爺爺開的小小呢絨店子無法養活這麼一大家人。於是大伯父行船去了，爸爸也消失了。一兩個星期才回家一次。只有三伯父做推銷員，為祖父奔跑。對我來說，這是在忽然離開媽媽一個多月之後又忽然離開了爸爸。我整天都在哭。大人看見我就罵幾句，說我把店上的生意都哭跑了。爸爸走開了，高高瘦瘦有點兒寒背的側影也漸漸淡化萎縮了。我慣於依附雙親，雙手忽然因落空而冰冷，八歲，第一次開始體會悲傷。

那時我覺得三十二歲的爸爸已經很老了。我每逢向大人們問起他在哪裏，就再一次感覺到他的老。他回來時，更是如

此。我很想念他，但每次都不忍心看見他。他眼睛很大，線條分明卻近乎深陷，眼下有韓國女子最想要的臥蠶，但對爸爸來說，那是疲倦的鬆弛，眼裏面還有淚水。後來，臥蠶漸漸變成了大大的眼袋。他的臉滲出一種深深的不忿，一種極其強大而持續的挫折感。略長而下陷的臉頰使他的英俊同時夾雜着叫人心痛的衰殘。那時我總覺得爸爸會短壽。惦念愈深，我愈低沉。問嫲嫲，嫲嫲的答案一時是「你爸爸在國貨公司打工，夜裏要當更的，睡在宿舍裏」，一時是「在工廠裏了，別問好嗎」，總之，我感到大人們已有了共識，就是要把我和爸爸「割開」，讓他有「自由」去找工作養家，而我也有自由好好上學。幾個月後，我隨細嫲嫲搬到長洲去「隱居」，看見爸爸的時間更少。我的生活算是穩定下來——上學下課，在忽然沒了爸爸媽媽之後。

　　媽媽的信總是定時寄到的，充滿家訓，但我看着會不安，有時甚至不肯把信看完——當每一封信說的都是貧窮和苦難，我就開始逃避了。對一個小學生來說，我的家庭太痛苦，我沒有面對的能力，也沒有辦法向我那些生活非常穩定的同學訴苦。我對爸爸的惦掛則超乎想像地深。爸爸卻神出鬼沒，我完全不知道他住在哪裏，何時會來看我，只知道我一放暑假，他就會出現把我帶回廣州去交給媽媽。可以說，我的整個小學時期，爸爸的行蹤都很神秘。聽說他去做很辛苦的工作，但每次

他在我面前出現，仍是那個修長、斯文但疲倦的男子，爸爸是我的神話——直到我讀中學我們再次住在一起的時候。

那時候爸爸正在紅磡海底隧道的工地做工。他在香港的日子，那段時間是最健康的，他每天回來會說一些深入紅隧時的工作經驗，和隧道的建築方式。顯然，對於一個工人來說，六十年代末的這樣一個工程那給人極其深刻的印象。我第一次感到他為自己的工作驕傲，就是紅隧將近完工的那段日子。到底他在哪兒具體做怎樣的工作？他提過的有拿大錘子去錘打甚麼。未幾，隧道竣工了，香港跨進了一大步，眾多的工人卻不得已地後退了一小步。工作沒有了，爸爸又得到處尋找養家的門路。

三十八歲，早過了當學徒的年紀，也無法靠一份小工養活在港的我和在大陸的媽媽和弟妹。這是當時的一種典型——內地政府將一個能掙錢的人放到港澳來，但把其妻兒扣留在大陸，讓那個當爸爸的不斷把港幣寄回去。那一年，爸爸決定到鴨寮街賣東西。我們之間，開始產生很大的張力。我成了有名的官校的學生，爸爸則愈見販夫走卒了。他用髮乳蠟得好好的大曲波不見了，只留下一頭的汗。因為太曬，他的皮膚變得很黑，眼睛更深陷，而且沒有神采。我白天在學校活得太快樂，幾乎把爸爸全忘記了，但一到傍晚，我又變回了灰姑娘，淘米做飯，拿個洗衣板和勞工棍蹲着洗衣，把火水爐的芯一一拉

高、剪掉，然後做功課。我知道他是怎樣蹲在太陽下賺錢的。他把許多壞掉了的原子粒收音機買回來，拆開、除漬，再修理好。我看見過裏面很多亂糟糟的線，繞在蟑螂糞堆中。爸爸用小刷子一一清理，然後用一個「辣雞」把斷掉的電線頭焊接起來——收音機又響了，只是賣相仍不好。那時他就會讓我來幫忙。他要我用一盆水，把收音機那些粉紅粉綠的外殼洗淨，再拿個水砂紙打磨弄花了的地方，最後塗上一層蠟。在陽光下，這些收音機還是閃閃發亮而且能發聲的。如果「爛機」用三元買回來，爸爸可以用五元賣出去，我們就有一頓飯吃了。假如一天能賣幾部，媽媽和弟妹在廣州也有飯吃了。於是，爸爸在晚上總是彎着背，靠着一盞小燈在工作。他身上的灰白色背心後面露出肩胛骨，像一片斷翅餘下的骨頭。他走開的時候，我會拿起他的「辣雞」來玩。看着那松香和錫條熔化，變成小圓粒，煞是好玩。精神集中到眼前的小點上時，我確實會得到一陣子莫名的刺激。可是，每當我知道爸爸賣了幾部收音機之後錢給人奪走了，我的心卻會也痛成一團，像錫條遇熱熔化然後聚合成球，不斷收縮，重重往下墜，在一種低沉的絕望中滾動至凝固。這感覺，比傷心更難熬。警察來了，收保護費，黑社會也來了，收的同樣叫做保護費。爸爸有時一整天白做，還會給抓到差館去。我們一家漸漸站不穩了，爸爸開始跟伯父們借錢，跟姑媽借錢，跟朋友借錢。一旦開始了借錢的循環，一家人就

再沒有尊嚴了。但他們兄弟姐妹其實都落在類似的境況中，錢借來借去，大家都愈來愈窮。日子太慘了，爸爸要我退學到工廠打工，我不肯，他就罵我不孝。許多次了，我得回到學校向老師求助，只有他們才能勸服爸爸讓我繼續學業。有些老師更讓我去給他的孩子補習，藉故給我輸送一點「學費」。這些幫助過我的人，我一生都不會忘記。爸爸和我在貧窮裏掙扎，媽媽、弟妹和外婆就更慘了。幸得國內的親戚的扶助，我們才都在城市的邊緣上長大成人。

爸爸的生活很苦悶。當年的鴨寮街是下午才有人開始擺檔的，爸爸早上有時會睡到十點，但夜裏他幾乎天天失眠。在沒有安眠藥的時代，失眠就只能夠忍受了。爸爸說，他到了天亮才開始熟睡。他就靠上午那短短的一覺支撐一整天。多年來，每逢想起這些日子，我都會感到激動和傷痛。我知道，我若放棄中學的五年政府獎學金，去工廠工作；或放棄港大，出來做個文員是不理性的。若然如此，我們的家將一直無法向上流動。但一面讀書，一面看着父親的身體日益衰敗，真是心如刀割。

七十年代末，母親和弟弟終能來港定居。弟弟那時才是個高中生，但論到做生意，弟弟比爸爸有眼光，於是後來一面讀大專，一面做爸爸的軍師，讓他棄掉已經沒落的收音機，改為賣音箱。媽媽也幫爸爸一把，她站在太陽下當售貨員，一面照

顧鴨寮街的檔口，一面照顧爸爸的飲食，真難為了媽媽。像整個香港一樣，我們的收入漸漸開始可以餬口。其時香港警察也變得好一點了，再沒有天天從乞丐的盤子拿飯吃，我們這才過得上一點正常的家庭生活。但很可惜，父親心裏長期累積出深厚的苦毒，難以排解。他無法再溫柔地對待家人了，我們對他都感到害怕——怕他的脾氣，怕他的不安，怕他的敏感和焦躁。然而他對於和他一樣在社會上掙扎的人的態度卻是很隨和的。他的憐憫和體諒，我和媽媽有所不及。一次，我們買了部電視機，送來的時候搞來搞去搞不好，無法看到視像，媽媽和我都頗有微言，爸爸卻一句話就封了我們的嘴巴：「別這樣，人家也只是打工的。」這個「打工」的年輕送貨員，本來就是打工的爸爸自己。他也受過很多氣。

於是我細細數算父親打過的工：看更、國貨打點、地盤工人、工廠工人、文具店售貨員。當然還做過小販。但其實父親本來的人生呢？當爺爺還是大資本家的時候，他是大家族裏的四少爺，比所有哥哥都英俊和高挑，而且有才華，因此大大地受寵。哥哥們只讀完中學，他可以上大專讀美術，在那些 Studio 的畫架之間認識了活潑的媽媽。在大陸，他是設計公司的設計師，專門搞大型展覽會。那時沒有電腦，所有的視覺佈置和美術字都要用手來寫。在這一行裏，爸爸就是出色。而且，他閒餘所畫的油畫還可以拿上北京展出——難道他就沒有更大的夢

想嗎？他為甚麼到香港來？是為了能把畫畫得更好嗎？是為了一家團聚嗎？都不是。是為了逃避數年後的文革嗎？他也沒有這樣的先見之明。他是為了一種寬大的可能，放棄了一個固體的定案。那個可能就是香港。對於一個地牢來說，香港是一個小天窗，爬到房頂上面逃走，但外面沒有建好了的樓梯，首先要在落地生根的過程中摔一大跤。定案就是留在國內，留在那個龐大的地牢裏。但如今回頭看看爸爸的同學，他們都穿過了文革的烈火而倖存，日漸在美術圈內成名了，畫作和雕塑都賣得很貴，當老師的後來還當老師，做教授的後來還做教授。但爸爸到香港來了，在此地生活了五十三年，一直在基層掙扎，他是小販，退休時還是小販。直到我弟弟畢業後逐步成長，更回到國內去建廠，成老闆了。弟弟的聰明和敏銳，使父親於六十多歲後能夠安享晚年。安享，是指生活上的安定而言的。但他一生坎坷顛簸，對一切都失去了信心。他不信有錢人，不信政府，甚至不信兒女，不信將來。因為他在香港的日子，警察和黑社會一起欺負他，消防員拿不到錢不開水喉。廉政公署出現了，他還是焦慮驚心，看見廉政專員也貪這貪那，自然更是恨得咬牙切齒。過去的二十多年，我和弟弟給他的家用，他都小心地存起來，甚麼都省着用，最後數目比很多人的公積金還要多。但是他並不快樂。不過，他也曾有過一個頗為美麗、常常回味的回憶。某天，他就在街頭見到當時的港督麥理浩。

爸爸説他穿着短袖的夏威夷恤，和市民談話。這位為市民建築公屋的好港督，在父親長久不快的香港日子裏，好像一個錨，把他的心固定在「這世界上還是有一些好人的」這個觀念上。

我長大後成了寫作人，爸爸保存着我的書，卻從來不看。我們閒聊，他的話題許多時都是弟弟。他心裏有很大的恐懼——怕弟弟會像他一樣到處受人欺負。但弟弟藝高膽大，生意做得很好。此時，爸爸就反過來説他貪功、野心大，其實不知多為他驕傲——但帶着比驕傲更大的憂慮。但是，這兩位男士不和對方説話。媽媽於是成了他們的傳聲筒。但即使是深愛他們的媽媽，也不免成了誤會的媒介。爸爸有時竟然覺得兒子不聽話，結果父子倆一直就只能打開一局象棋來溝通。可惜就算只是遊戲，象棋還是一場又一場的廝殺，而且父親沒有勝算。就是這樣，父親脾氣因自己日漸走向卑微而變大，而自尊則因逐步進入老年而縮小。

父親晚年最開心的時間，是退休之後漸漸恢復畫水彩畫和寫書法的習慣。但他信心太小，人亦已經七十，若不是媽媽和我們極力鼓勵，他的畫展是不能成事的。我在大學的方樹泉樓的「鏡房」訂了兩天的時間，給爸爸的水彩展出。我們拿着他的畫去旺角裝裱。一張一張小小的水彩，給鏡框突出了，甚是精美。媽媽和我翻遍了唐詩宋詞的選集，為他的作品找詩句做名字。我聯絡了以設計著名的書樓為爸爸出版他最好的作品。我

們像對一個小男孩那樣溺寵他、支持他、照顧他。漸漸，我們開始看見他尷尷尬尬地笑了。爸爸一覺得不好意思，就會胡亂說笑。他的笑話本身不好笑，好笑的是他說笑時不好意思的孩子一樣的臉容。畫展很成功。我在浸大的同事都來看，他的同學、朋友，無論懂不懂畫的都來捧場。父親既驚喜又自責。他覺得自己不配得到這麼好的待遇。老實說，爸爸七十歲時還是非常高挑英俊的，可是，在那個瀟灑的身體內，他總沒法趕走那個自卑的小販。記得一次，他和我提起著名的畫家黃永玉老師。爸爸說，他們以前是朋友。我問：現在為甚麼不再是呢？爸爸說：他很有名，而且富有。我說，爸爸，那不對，你們同樣是畫畫的。他畫得好，有名聲，不等於你們不再是朋友。爸爸說，不，現在和他來往是高攀了。我無話可說。為了我們，爸爸把自己的一輩子放在鴨寮街的正中央，付出的不光是大半生的光陰，更是他的自我形象。

爸爸是很典型的。受過高等教育，帶着豪情壯志來到了香港，生存以外，只得到了疲倦；除了紅隧，爸爸甚至好像沒有參與過香港的建設。但我知道，實情並非如此。爸爸是香港整個騰飛時代的一分子。他一手拉着我，一手提攜着弟弟，吃力地用已經損折的翅膀起飛了。他很辛苦，因此我們並沒有從飛翔的航道上掉下來。

2015 年初，爸爸在瑪麗醫院接受了一個大手術。醫生給他

摘除了一個很大的血管瘤。手術後，心臟科醫生走來說，爸爸的血管受不了，要再動手術搞心臟那一部分。爸爸堅持不肯，結果一個月後死於手術的併發症。那時，爸爸尚有幾個月才八十五歲。醫生說，如果他不吸煙，壽數應不只此。由是我想起父親在陽台上吸煙的背影：孤獨、不安、灰色的頭髮散亂於風裏，即使在最安樂的日子，依然充滿遺憾、無話可說。因為寒背，他風衣背部永遠勾出同樣的拱弧，下面是細長的腿，飄動的睡褲，再而下是整齊白淨的腳趾。他的腳趾真的很清潔，更可以說是仍然十分年輕，皮膚甚好，一點老態都沒有。有時我想，若不是生活的煎熬，爸爸應當還是我的資本家爺爺家裏那個「官仔骨骨」的四少爺。

父親在港生活了五十多年，辛苦的日子比享福的日子多。我在香港也生活了五十多年，但我大部分時間都過得很好，就此而言，弟弟也一樣。這大概就是父親要成為香港人的目的了。我知道，當長輩們對爸爸說「你的兒女真乖」的時候，這幾十年的苦就在父親的喉頭散去，他的感覺暢順了。長輩後來告訴我們：你們爸爸總說你們好。是的，我們都知道。明明地知道。暗暗地知道。一直知道。

爬格子的旅者
——夏婕

梁科慶

　　夏婕是寫旅遊文學的前輩，1975 年由內地來港，從事文字工作，八十年代初開始浪跡天涯，放眼世界，腳步和筆桿一直沒停過。多年來，寫下大量異地風情和旅途奇遇，作品廣受歡迎。

　　2017 年的香港書展以「旅遊文學」作主題，推介九位「旅遊作家」，惟欠夏婕，美中不足。書展期間，夏婕適值在港，特地前往會場逛逛。年輕的導賞員不認識她，不知道這個剪「冬菇頭」、戴圓框眼鏡、穿白衣杏長裙、打扮樸素的婦人當年曾經環繞新疆塔克拉瑪干沙漠，橫越內蒙古高原漠地，深入西藏無人區，遠涉美洲大陸、南極等地，出版了《絲路萬里行》、《塞外雲影》、《天山夢》、《伶仃的駱駝》等旅遊文學經典之作。當其中一位導賞員主動向夏婕介紹展板上的旅遊作家、作品和地方，夏婕微笑婉拒，理由是「我太熟悉了」。

　　我在 1997 年底認識夏婕。心境永遠年輕的她，那時在香港成立香港青年寫作協會，出版文學雜誌《滄浪》。夏婕收到我

的投稿〈解放軍入城〉，致電給我，鼓勵一番，並邀我入會。我生性慵懶，只幫忙編過一期《滄浪》，會務和活動甚少參與。不過，夏婕一直與我保持聯繫，經常指導我讀書寫作。如今，解放軍駐港逾二十年，每次見面，她仍提起〈解放軍入城〉，儘管小説內容我早已忘記。

夏婕的脾性頗也古怪。生活，她隨遇而安；寫作，卻一絲不苟。最「過分」的例子，莫過於寫元代傳奇人物劉秉忠的《金蓮川上的傳説》，她讀上兩、三百本相干和不相干的書，包括蒙史、金史、元史、西夏史，更孤身北上塞外，冒着乾冷如銼的北風，深入荒蕪的巴丹吉林沙漠，置身歷史現場，揣摩角色人物所處的境遇。結果，下筆就是不凡，小説以一場還原歷史的兵荒馬亂展開：

> 戰馬臨風長嘶。人在悲狂呼號。九纛白旗在黃塵中傲然飄舞。城池牆斷屋頹。村莊屋頹牆斷。路邊有散落的布片、破碗、狗屍、斷裂的馬蹄鐵。草叢裏漏出衣衫一角。一柄柄刀劍扔在地上，刀刃滿是缺口。一棵枯樹的禿枝上，歇着一隻老鴉，硬喙緊合，動也不動地凝望着廢墟裏一股股不肯熄滅的黑煙……淒淒惶惶的陽光，天荒荒地荒荒，一大一小的兩條人影，腳步拖曳着長長的身影，面向斜陽，沿着那條往來邢州城的一條要道，扶扶撞撞地走來。（頁 28）

敍事的層次、描寫的細膩、用字的準確，短短的一段文字，就教人體會到何謂作家。反觀夏婕的履歷，成長於文革，沒受過正規教育，能夠寫出一手好文章，這大概就是所謂家學了。她的祖父在清朝當官，父親在國民政府當官，好歹出自書香世家，硬件的家即使被抄被毀，屬於軟件的學養卻歷久常新，且不斷更新。

文學的夏婕，對文字尤其執着，細微如「的、地、麼、了」的運用，也斟酌講究。香港中央圖書館庋藏一些她的手稿，從修改痕跡，可見她遣詞用字力求精到，好像這篇〈蓮雲的故事〉：

> 蓮雲把（原為將）自己常坐的小靠椅搬出來，放在簷下的小方杌（原為几）子一側。她歡喜這個樣子，跟天井東面的後（原為客）廳擺設一樣，一條供案（原為一張供枱），長長的擺在後（原為客）廳……她驚異這每一塊碎布亮而豔的顏色和花紋（原為圖案）都像會說話……（頁 13）

將與把、几與杌、客廳與後廳、供枱與供案、圖案與花紋等，意思相通，大可不改，改了則更好。換上別的作者，尤其即寫即貼的網絡作者，絕不會像夏婕一般肯花時間重複推敲、逐字細琢。有次，談到痛，夏婕問我「椎心之痛」與「錐心之痛」的分別？我答不上。她笑着解釋，前者較痛，理由是，木製的

椎殺傷力不及金屬製的錐，傷者或要捱一段較長的痛楚才沒知覺。我登時無言以對。這就是夏婕了。

夏婕因為太執着於文字，近年弄壞了眼睛。

十年前，她隱居法國的古堡，飲紅酒，吃生蠔，閒時種花種菜、攝影、寫網誌，生活優哉游哉。我看不過眼，把她挪進小說《藏香》裏，變成一個武功高強的古堡隱士，惹來一班恐怖分子追殺，在古堡裏打得亂七八糟。小說的封面，畫師依照夏婕的照片繪畫，戴着墨鏡、絲巾，手執鮮花、長劍，一派莫測高深。夏婕看了，哈哈大笑。

不知是福是禍，出版社把夏婕在法國寫的文字印製成書，幾年間，接連出版《在旅途一個點上停留：隱居法國小古堡的日子》、《達文西說：無人將化為虛無：蕩漾在盧瓦赫河畔的故事》、《菜鳥種菜：置身大自然筆記》等多部巨著，每部都十多二十萬字。夏婕是個傳統文人，寫網誌當作玩票，出書就隆重其事，堅持親自校對。我常勸她，作者與編輯的關係，既是合作，也是分工，作者供稿，編輯校稿，各有專業，各司其職，校對應交由編輯主責承擔。她就是不聽。當然，她有其道理，比方「帘」與「簾」：「我曾要求校對不可隨意把帘改成簾，跟他們解釋，北方人常用的門帘多是布質，尤其冬天，懸在門口防風保溫的厚帘像棉被，裏面夾有棉絮或羊毛；簾呢，竹絲編製，字形字意和聯想都美，入詩入畫，江南地的仲夏恩物，但

不是北方民間的常用物。我一字字地釋寫，一條條類似的詞或字的用法和本意，竟寫了幾頁紙傳過去。」

於是，幾十歲人天天金睛火眼的盯着電腦屏幕一校、二校、三校、四校，長期勞累，把眼睛弄壞了，視力嚴重下降，日常生活亦受影響，幸而夏婕為人達觀，慣經風浪，不以為擾。

夏婕不常聽我的，同樣，我也沒對她的話照單全收，縱然她建議我看的書，我全都看了，但她建議我的寫作路向，我並沒聽從，因為夏婕的眼界、想法、筆觸都是獨特的，只此一家，別無分店，旁人跟不上，學不來，就像她筆下的《紅鴉》：

> 梅朵小心翼翼的為母親梳着頭。她用牛骨梳蘸水，一下一下的梳着，不知是為甚麼，陽光像小蟲，悄悄的爬進心裏鑽進頭皮底下，她渾身癢酥酥的，教人舒服得不甘心起來。（頁 5）

> 終於，她看清了牠們。這三隻黑鴉渾身漆黑發亮，憂傷的黑眼珠圓得像鑲上去的水晶子，牠們的足趾也是黑色的，祇是……曲珍清楚地看見了牠們的硬喙金紅金紅的，跟夏日黃昏的夕陽一樣。（頁 16）

寫的是西藏的陽光、西藏的風土民情，都是西藏獨有的，跟別處不同。就算到過當地，若沒細心觀察、感悟，根本寫不

出如此精緻的小說。

《紅鴉》是夏婕眾多作品中，我最欣賞的一部。夏婕於我，只有啟發，難以效法，最基本的，我沒本事周遊列國。《紅鴉》對我的啟發，是令我在 2005 年創作了《鴉殺》；憑這部小說，我得到北京的全國偵探小說大賽的最佳懸疑獎。《紅鴉》與《鴉殺》是兩個截然不同的故事，前者寫西藏少女的成長，後者是一宗發生在日本和歌山的離奇兇案，風馬牛不相及。然而，沒讀過《紅鴉》，就不會有《鴉殺》。

執着的夏婕對《紅鴉》這本每日千字連載而成的小說，始終覺得「未臻理想」。旅居古堡期間，時間充裕，她慢慢重寫，嘗試以文字繪畫，突顯影像效果。可惜，初稿完成後，眼睛已壞，沒法親自校訂，又不放心假手於人，加上受時局影響，出版計劃被迫擱置。現在，她轉居紐約，治療眼疾，大家都勸她遵從醫生的囑咐，放下小說，遠離電子屏幕，專心養病，她表面上唯唯諾諾，但還是偷偷上網。

夏婕的小說，我也有不喜歡的地方，是她所寫的愛情。例如，《金蓮川上的傳說》的侃哥兒與珍情，一雙璧人，真心相愛，卻幾年才見一次面，見面總是匆匆一聚，最後珍情還死掉，教人看得咬牙切齒，直罵作者狠心。又例如，《灰藍色地帶》的船長與「我」，發乎情止乎禮，大好姻緣，拖拖拉拉，無疾而終。如慣看女作家筆下的哀怨纏綿，翻開夏婕的書之前，

最好有心理準備，這並非一般的言情小說。

　　我成家以後，漸漸明白天倫之樂的另一面是身不由己，便問夏婕：「妳有丈夫兒女，當年怎能抽身離家長年遠遊？」她的答案我從沒想過：「與那人不咬弦，趁機避走。」

　　原來夏婕這個「旅遊作家」是這樣煉成的，我總算明白了。

百年老鋪第四代傳人

黃志華

俗諺有云：船到橋頭自然直。筆者有時候確會取這種處事態度。本文要寫的仁兄，面對某事，是否亦取這態度呢？

這位仁兄，筆者多年前已寫過一次，刊印在拙著《香港詞人詞話》。事隔已十五年，其中自有許多人事變化，所以正好趁這個機會，再寫寫他。

也許，年紀大了，適應新科技的能力確是較難。這位仁兄，是近一兩年，才試着用WhatsApp，也終於見他偶爾會現身於臉書。據聞，他那個百年老鋪的臉書專頁，首先是由他的妹妹於數年前建立的。

他守着的百年老鋪，字號叫「泗祥號」，位於油麻地新填地街果欄附近。老鋪傳到這位仁兄手上，已是第四代。

在仁兄的卡片上，會見到有五類專營項目：木餅喉碼、錶板線夾、鐵木律囉、船舶木器、車木發客，盡是些陌生名詞。我跟這位仁兄「由細玩到大」，倒是略知一二，比方說「律囉」，其實是很多漁船都須用到的滑輪，據知香港漁業興旺的那些年頭，「泗祥號」是「做都做唔切」。

百年老鋪，加上產品有特色。「泗祥號」不時成為報章或電視節目專題報道的對象。

少年時代，跟這位仁兄年齡相若，又有共同興趣，在那無網的時代，一個住油麻地，一個住鰂魚涌，竟通起書信來，信中，有時他戲稱自己為「泗記太子」，彷彿那時已知道自己會繼承祖傳之業。

仁兄跟筆者有何共同興趣？熟悉筆者的都應該猜得到，不離填寫粵語歌詞以及聽粵語流行曲吧！是的，仁兄雖是「泗記太子」，但都和凡人一樣，有自己的興趣。此所以，拙著《香港詞人詞話》會提到他。寫到這處，就揭曉一下吧，他是我的表弟何國標，泗祥號傳人的長子。年青的時候，他在報上寫東西，用的筆名是「沾雨江」。

何國標一出生便住油麻地，生於斯長於斯，對油麻地對香港都有濃濃的感情，所以近十多年來，他是多了一項興趣，那就是考油麻地之古考香港各街道之古。為了求真，他甚至不經意的得罪了某香港考古界的名家。

前幾年，香港溯古的風氣頗熾烈，《明報》便經常有這方面的版面，於是亦吸引了表弟何國標投稿過去，事實上也刊了不少表弟的專文，都寫得通俗有趣而又極其深入，絕非泛泛之談！說起來，兩年前，香港電台電視部拍的一系列《香港故事：職外高人》，曾有一輯題為「慕古匠心」的，就是介紹表弟的考

古成績。

　　有時候，在網上見有些街道照片，求教於他，幾乎都可以得到滿意答案，指出照片大約的拍攝年代，是甚麼街道，以至從哪個方向拍的。

　　某一回，我很想查查，自己只是在小學一年級時就讀過的聖維德英文書院（St. Victor's College），確實位置到底在哪處。當時自己只查出它是在燕子道六至十號，但燕子道在哪裏呢？表弟知道此事後不久，便傳來一張網上圖片，圖片上，左方遠處有都城戲院，正在上映西片《山河血淚美人恩》，但網上照片的發佈者看來並不知那是都城戲院。都城戲院旁邊為孔雀道，但見車流不斷，孔雀道再走遠一個街口，就是與燕子道交匯的地方，於是我也開始明白燕子道六至十號大約在甚麼位置。

　　表弟仔細的給我解説，燕子道現在已給北角新都城大廈完全覆蓋，所以絕對沒法找到遺跡了。孔雀道的走向也跟今天的很不同呢！再説，我後來也知道了，新都城大廈附近的街道，至少還有兩個街名是消失了的，一條是鷹道，一條是名園東街。往事如煙，唯有對香港有情、念念不忘香港街道歷史的人，才會查考得出這些曾經存在過的街道及其名字。

　　表弟近年偶爾也會重拾「舊歡」，賞賞歌詞填填歌詞。2015年初，盧國沾獲香港電台十大金曲頒發金針獎，他萌生了一個心願：想為盧國沾做個訪問，便央我代為聯絡盧前輩。訪問後

來在《明報》刊出了。其後他參加了「香港癌症日 2016 舊曲新填創作比賽」，還入了圍，他高高興興地邀我去看這個比賽的作品音樂會。

觀眾席上，跟他聊天，他說追想起對上一次參加填詞比賽，應已是 1986 年的事，竟是整整三十年前的事！

三十年前的那個比賽，是「香港唱片公司」主辦的，參賽者都必須以李壽全的國語歌曲〈未來的未來〉填上粵語版，而題目是「生活中的香港」。這次比賽，表弟是名列前茅，得亞軍，而冠軍，是劉卓輝，劉氏後來常為 Beyond 樂隊的歌曲填詞。

回家後，我覺得表弟可能記錯，「生活中的香港」比賽之後，他應該還有參加過別的填詞比賽啊！於是翻起拙著《香港詞人詞話》中有關表弟的那一節文字，一看果然是懷疑得對。據我的記述，在「生活中的香港」比賽之後，表弟至少還參加過兩次填詞比賽，一次是 1986 年 10 月的「豐盛人生展才華」填詞比賽，奪得冠軍！一次是 1987 年的「豐盛人生攜手創」填詞比賽，得最佳填詞獎，兩個都是廉政公署搞的比賽哩。

所以，人的記憶，常常有失精確，只有用紙筆之類記下來，才最可靠。然而紙筆又能記得到多少，很多文化或技藝，圖文並茂都只能描繪個大概。

其實表弟偶然又會做一些出人意表的人物訪問，比如說在 2016 年初，他竟訪問起周冠威來，見刊於 2016 年 1 月 24 日《明

報》的「星期日生活」版，周冠威是誰？他是電影《十年》中「自焚者」一節故事的導演。

相信，他和我都一樣有一份心，努力把所關注到的香港一事一物，都記載起來，再現出來，而他更是百年老鋪的守護者。

偶讀「泗祥號」臉書的日誌，2017 年 3 月 5 日那天寫道：

> 短短一個月內，油麻地先後有兩間老店悄悄結業，令人神傷。
>
> 今日君體歸故土，他朝吾軀也相同。

物傷其類，黯然，悵然！

說是表弟，其實表弟只比我年輕一歲，想到我都快要「登六」了，表弟還遠嗎？但從種種跡象看來，他兩位寶貝公子，未必會克紹箕裘，那麼泗祥號這百年老鋪，將如何傳承？

這份擔心，我偶然是會閃現，卻是沒法宣之於口去問他。或者，真如本文開始時所說：船到橋頭自然直，擔心也擔心不來。

玉墜

黃秀蓮

　　那個晚上，我家的燈火份外通明，只因為大哥會把女朋友帶回來吃飯。

　　那房子在深水埗唐樓，先天沒有很大的私隱，不止板間房容易傳聲，在走廊、廚房說話，話音都易於外揚。廚房之外是後門，後門常開，隔籬鄰舍可以穿梭往來，互通有無。更何況，母親事前聲張其事，大大的嗓門沒有遮攔，於是同屋的師奶、鄰舍的老婆婆，都藉故在某一個角落等候，只等候門鈴一響，全屋的眼神就會立刻聚焦。

　　那女子很年輕，只得十八歲，濃眉大眼，天生鬈髮，穿了一件深藍色的學生褸。她已經在社會工作好幾年了，與大哥是工廠同事，竟然在初見未來翁姑的場合，不施鉛黛，反而用最不講究剪裁、最不起眼的學生褸來出現，那份樸素，叫人訝異。然而，樸素始終是美德，低調更讓人接受。一眾師奶對她的評價不錯，覺得她是沉穩踏實的那一類。大家知道她是長女，下面有四個弟妹，似乎更放心一些。

　　情人「拍拖」，誰願讓人夾在裏頭做「電燈膽」？又有誰如此

「唔通氣」? 妨礙人家談情。可是有一次旅行，我居然跟着去，因為她也帶了妹妹同行。元朗南生圍便成為水光瀲灩的一段情路。那木頭搭建的渡頭，似是唐詩宋詞裏的風景；排成直線的白千層，似是預言了平坦前路。這女子很快就融入了我們的社交圈。有一家人曾是同屋，後來搬到了新落成的彩虹邨，彼此情誼深厚。那位師奶懂得裁剪，替她縫製了一件褐色格子呢絨中褸，之後沒見她穿學生褸了。

一年多後便着手籌備婚事，母親跟我說，實在買不起一雙龍鳳鐲子給媳婦，只能買一條金鏈，可是這樣實在太單薄了，所以徵求我同意，問我能否把脖子上佩戴着的玉墜拿出來，扣在金鏈上，這樣份量會加重，也不至於太寒傖。那玉墜好像是數年前用幾十塊錢買回來的，那時對首飾毫無認識，以為包真金才名貴，殊不知真金太軟，用 24K 金來鑲反而理想。幸而原本玉色偏白的玉墜，沾了人氣，吸收了人的體溫，漸漸就翠潤了。玉色不經化學作用，居然會色澤改變。改變是緩緩漸進的，叫人不察覺，待留神一看，方驚覺自己與玉，已開展了一段緣分。玉墜沒有在我上體操課時弄丟，也沒有在治安不靖之下遭搶走，反而透出翠色，溫潤可喜。我把玉墜解下，心裏想：這是一份來歷不為人知的結婚禮物。

唉！貧賤之家百事哀，辦喜事本來是喜氣洋洋的，卻因酒席、禮餅、禮金種種問題而煩憂。婚宴過後還聽見親戚批評酒

微菜薄，與其這樣張羅擺酒，不如不擺了。這種毫不客氣的刻薄語調，聽了難受。不過，對新娘子倒是印象良好，聽不見半句譏誚。

婚宴上，大嫂拿着一束大紅色的劍蘭，頭上、襟上都戴了絲絨造的大紅花。在大紅背景襯托下，與親友拍照，明艷照人。當時還是黑白相片，尚未進入彩色時代。

這玉墜，她只在出嫁裙褂之上，喜宴酒席之間，戴了這麼一次，就再不見她佩戴了。原因當然不敢問，也許她不喜歡玉墜；也許玉器在身，是否感到溫暖寧靜是因人而異的；也許過於珍重，怕一旦遺失而收藏了；也許玉墜盪來盪去的特性，並不配合她的性格。她動作極其麻利，以我見過的人來說，是數一數二的，而且行事爽快，有決斷，戴了覺得拘礙的首飾大概不合用。

她生第一胎是女嬰。我母親重男輕女，有親戚好事，在旁說不過生女而已，毋須劏雞還神，母親就聽從了，這令大嫂不快。第二胎是男的，重十磅，生產時流了許多血。

身為長嫂，又因早婚，嫁入夫門的日子很長，對夫家的一切頗能投入。對於種種人際微妙，完全明白，所以不止一次跟我說：「奶奶心裏永遠是向着二叔的。」看得通透，說得精確，也因為如此，態度便漸漸冷淡了。

結婚約十年後，發覺每次回夫家吃飯後，面龐手腳常常發

腫。母親慣了手勢，下鹽很重，餸菜甚鹹，可是其他人怎麼沒事呢？這才驗出她有蛋白尿，在深水埗私家醫生求診。那醫生生意好得不得了，他一心把病人留着，竟然不轉介專科醫生。過了兩三年，未見好轉，我表姐在養和醫院當護士，在她介紹下才轉到腎臟專科醫生去，可惜病情已經不輕了。後來每星期要到養和洗腎兩次，還要禁水。她在洗腎之後，反應欠佳，雙腿會抽筋。那時他們不止脫貧，甚至稱得上生活優裕了，奈何病痛纏身。

1989年，紙紮鋪掛起五彩繽紛的中秋燈籠之時，她入住醫院，白天由我母親照顧。她嘴裏長了痱滋，母親餵飯時，避開患處，讓她吞嚥時不致痛楚，這一個月是婆媳關係最親密的一段日子。還差兩星期便是她四十歲生日，還差幾天便是重陽了，她卻撒手人間。女兒十八歲，兒子十五歲，都在加拿大升學，趕不及送終。我立在深切治療部病房裏，訝異於自己第一次送終，竟然是送比自己大不了多少的大嫂。

父親是心臟病病人，怎把噩耗告知呢？終於以大嫂已經離病去苦這論點跟他說。他聽了，輕輕說一句：「大嫂待我好。」便返回房間，挨在床上靠背，默默流淚，淚水不知流了多久。

幾度中秋，幾度重陽，一晃眼已是二十八年了。大哥在妻子去世二十八年後才續弦。

那麼，當年玉墜，如今安在？也許在保險箱的角落吧。人

的聚散，難於逆料，更何況是一顆小小的玉墜呢。玉墜一點也不珍貴，可珍貴者，是在兵馬倥傯的人生路上，曾經有緣相聚，又能夠彼此關顧而已。

煙氣自爐火中飄來，又彷彿自歲月的那頭飄來，一個不為意，會淚眼模糊。眼前是兩個小男孩，一個十三，一個十一，活潑伶俐，並非濃眉大眼，天生鬈髮，卻是大嫂的外孫和孫子。我把冒着煙氣的烤肉，送到孩子的碟子去。

叛逆的祖父

　　家祖父生於秋天，起名「觀梧」，取「梧桐一葉落，天下盡知秋」之意。又因鳳凰棲於梧桐，故成婚時又改名「世鸞」。後來港工作，自己取名「森」。我認識的祖父是張森，那個英俊、固執的老人。

　　教我用刀叉的人是祖父。我年幼時，香港尚有好些「豉油西餐廳」，類似茶餐廳，但又高貴些，聖誕節復活節供應大餐，半隻燒雞，雜果賓治，小孩子有金色紙帽作禮品。屋邨裏的「福田餐廳」就是這種格調。每逢周日，祖父便帶我們姐弟三人到那裏吃早餐。他是固定的，油餐包，熱咖啡；見我拿起刀叉往碟上鋸，便執手教導。我也在那裏初次嘗到香蕉船、愛爾蘭咖啡。對一個七、八歲的小孩來說，算是很奢華了。

　　然而，我並不喜歡祖父，他是家裏的黑羊。在我祖母口中，他只是薄情的丈夫，不負責任的父親。祖母是正室，底下還有兩個妾侍；這兩位名義上的祖母，我連她們的全名也不知道，只知一個綽號「生番卿」，另一個叫「阿蘇」。「生番卿」人如其名，性格暴躁，祖母在內地時有一段時間跟她同住，相處不

好。其時祖父已往香港工作——他走得快，趕在文化大革命前離開，只被沒收家財，總算保住性命。祖父本來是有父蔭的，有錢，有一條街的鋪位。所以他一生人最恨共產黨。

共產黨雖沒收了祖父的財產，卻沒收不了他的公子哥兒脾氣。閒時緬懷往事，祖父偶爾會説起「從前我在舞廳跳舞……」這類的小故事。我幾乎未見過他進廚房，茶都是祖母給他倒。還未退休時，每外出而返，祖父便着我們替他拿來拖鞋放好，然後打賞我們一元。他給我買過遙控車，漂亮的紅色小斗篷。他對他妻兒以外的人都闊綽。

在我出生前不久，祖父從阿蘇家裏搬回來，跟祖母、我父母同住，原因是他跟阿蘇和那邊的子女反了面。阿蘇在鄉間是離家出走的，先於祖父來港；我有見過這個祖母嗎？我不知道，也不肯定。我有見過這個祖母的兒女嗎？應見過一兩次吧。在祖父的葬禮上，我的其中一位叔父，事前既沒參與喪事籌辦，在靈堂上也只是鞠一個躬就走了。據説他是阿蘇的兒子。即使面對面碰見，我也不知我們身上流着同一個人的血。

祖父搬回來，看得出祖母是高興的。我還記得：祖父午睡時，祖母便坐在床邊，湊在窗前看報紙。那通常是安靜的、陽光普照的午後；鐵架床的線條簡潔鮮明，格仔床單洗舊了，質樸軟熟。祖母穿着繡花拖鞋，瘦削的臉上架着黑框小眼鏡，頭髮黑白夾雜。祖父側着身，背向着她。

祖母對祖父態度轉變，始於阿蘇之死。某一天，祖母坐在沙發上，抖着腳，用一種家常的、輕鬆的口吻，說：「阿蘇死了。」後來我聽說阿蘇死於乳癌；後來我聽說祖父在阿蘇患病時沒去看過她。後來我聽母親說：祖母看着祖父的反應，覺得心寒。反正我自懂事以來，聽到的都是祖母如何含辛茹苦地養大六個子女；父親如何輟學養家；姑姑如何操持家務。這都是為了一個原因：祖父太多妻子與孩子，顧不及他們。

　　對祖父的印象，一直到數年前，才略有改變。那一年，祖父八十多歲的表弟──如今他也過身了──從美國回港，約我們一家在西環舊區聚餐。閒談間他告訴我們：祖父當年喜歡的，是祖母的妹妹，但祖父的母親屬意祖母，結果入門的也是祖母。納妾時，祖父的家書中有一句：「媽，娶正室是你的事，娶妾侍是我的事」，祖母的眼睛當時就哭壞了。祖母的傷心是真的，祖父不愛她也是真的。愛有時很奢侈，奢侈得花上幾代人來互相怨恨；愛有時又很平庸，平庸得都在細碎的生活中磨蝕掉。到自己經歷過了，我也同時越過時空，體諒了祖父的叛逆。我也終於想起，除了是個薄情的丈夫與不負責任的父親外，他畢竟也是疼愛過我的祖父。

過盡重山
——記凱詠

陳德錦

　　我收到凱詠的新書《輕舟‧重山》和他的碩士論文複印本，感到一點安慰，也感到一絲苦澀。在我課內自言有志於寫作的學生也有一些，可就是沒幾個能這麼快便寫出可讀的文字。在那一刻，我幾乎忘記他是一個書寫緩慢、行動不便、健康狀況反覆的「龐貝氏症」患者。

　　那一年，我的課上出現了一位坐在電動輪椅上、倚靠呼吸器生活的新同學。我們校內很少這一類學生，大概在傳媒上看得多，卻沒有預料會在課內碰到。特別的是，這位學生坐在最後一排貼牆的位置，聽講、作筆記、書寫堂課等雖然有一點困難，但大抵沒帶來老師太多額外的工作。由於他書寫較慢，考試時可以獲得較多的答卷時間。對於那些坐了半小時就打瞌睡、逃出試場的同學來說，多坐半小時是叫苦連天的事，但對於凱詠，這是何等寶貴，又何等諷刺。他不比我們更苦嗎？他卻沒哼一聲，把考試成為他邁向文學志願的必然考驗。

　　對，凱詠不願意「訴苦」。比較那些有點精神抑鬱便廣在媒

介上宣揚的人，凱詠可謂樂觀和意志堅強了。不過，他當時沒有表示對文學寫作的長遠志向。要是他開口，我也可能錯以為他是無路可走、討好老師的辭令。我是喜歡憑事實看心志的，雖然我已有幾分看得出他的毅力。凱詠寫文章，文思細密，只是我想不到他要憑自己漫長困苦的「病歷」去表現出來。

在《輕舟・重山》裏他縷述童年時發現病況的求醫經過。賴家為兒子奔走尋訪醫療方法，卻不幸三番四次誤信庸醫。他提及一個「屋邨神醫」為他開了一劑含有蜈蚣、蠍子等物料的方子，我還以為魯迅《吶喊》的世代重臨香江。凱詠的病症是「龐貝氏症」，患此症者是基因缺陷，體內少了一種用來分解「醣」的酵素，引致「醣」質積聚過多而無法產生熱能，使肌肉無法正常運作並衍生萎縮現象。沒有現成藥物可治療這個症狀，因此被稱為「絕症」。

肌肉萎縮使心肺功能衰退，因此凱詠要依靠呼吸機過活。有一次呼吸機損壞，他緊急求救，命懸一線，幸救護人員及時趕來。母親害怕他在大學裏出事，經常跟在他後面，還特許坐在教室內，隨時協助他。

那時我在大學正是多事之秋，偶爾在餐廳遇見賴媽媽母子二人，不能多談幾句。這使我想起，在那一排辦公室裏，總有一兩個學生願意聆聽教授「訴苦」——人事進出或剛寫好一篇學術偉論之類。我實在沒這一點福氣，即使凱詠願意與我促膝，

我也害怕拿這類話頭佔用他可貴的時間，影響他的健康。

要是凱詠不是行動不便，他也許會當一個記者，到處跑訪人間角落。他對外在事物有濃厚興趣，中學時代去馬六甲，短短的參觀遊程中懂得觀看和分析地方的風土和傳統。跑到迪士尼樂園時，青年人好動愛玩的個性表露無遺。畢竟肢體有障礙並不等於心靈封閉。看到夜空的瞬息變幻的煙火，凱詠說：「我為曾擁有過的能力感到高興。」

我常認為，嚴苛的上天仍眷念人類，不過方法極其迂迴。無端罹患的疾病要算是最明顯的。像凱詠或有同類遺傳病的人，最初就連找到病因也不容易。找到了，卻面臨各種醫療問題，金錢，是其中最大問題之一。然而憑着凱詠的堅持，他得到機會試用治療龐貝氏症的新藥，減省了許多高昂的醫療費用。

於是，在一段日子裏，凱詠成為被採訪者，他的投入喚起更多社會人士對罕見病患的關注。許多人圍繞着他，盡了一些力傳達社會共融的觀念。但鏡頭和屏幕畢竟難以包裝冷酷的事實，凱詠畢業後尋找第一份工作並沒有成功，公事公辦的政府機構並沒要向殘障人士多予同情。這給了凱詠更大報考文學碩士的決心。他研究的對象是一位著名的散文家，方法既是宏觀而又需予細析，他以個人之力完成，可謂難得。然而無奈那時我已離校，沒法就這些學術課題與他作一次真正的促膝之談。

我讀了凱詠自行出版的文集和論文，對他的毅力深感欣

慰。在他心中，也許這是對各方人士所表達的一點報答，但在我看來，這倒是「因事順心」的儒者情懷，力證自己多年的志願。在我們的文字之國裏，已經有太多乏味的唉聲嘆氣，太多空架子理論拼湊的浮光掠影。凱詠書寫求醫際遇的散文踏實得使人以為他在採訪自己，在報紙上發表的書評很有見地。假如凱詠真的再次出現在「生死學」之類的課程上，他其實不用再開口宣揚，尤其不必說「生存有何意義」之類的空話。因為，重要的是活過來，是「輕舟已過萬重山」。他半生奮鬥正是叫人不要再數算上天對你的恩惠和虧欠，而把曾經擁有視為永恒。

　　凱詠，一如其名，是生命凱旋的詠歎。

縐紙玫瑰

麥華嵩

我要寫一個我不很認識的人：我的爸爸。我七歲過後，爸爸就不在人世；今天我腦海中有他出現的記憶，只剩下很零碎的片段，此外就只有從長輩聽來的家族記憶，可略為補充我的無知。但我仍然要寫這篇文章。寫作是一個捕捉記憶（和想像——我不敢肯定甚麼是記憶、甚麼是想像）的過程，就像捕捉漂亮的翩翩彩蝶：彩蝶在意識的晴陽中飛舞時，驟眼看去，可能是閃爍之餘也有點虛幻的色斑；捕捉的過程，會令牠們接近目前，令牠們的顏色重現、重燃，回復原來的鮮艷和實在。我多想心中的記憶真真實實地再活一次！

縐紙玫瑰

我自小四體不勤，在學校裏成績最劣的兩個科目，是體育和勞作。從幼稚園到高中，我只有三次勞作得過甲等。最後一次發生在高中，我夥拍一位很有天分的同學，以卡紙建天星碼頭的模型。同學是難得的兄弟好友，不介意我只說沒做；他差不多獨自完成了功課——一個很仿真的作品；甲等的成績，卻

是我倆一起分享的。要是今天我任教的班裏發生這種事情，我一定不會姑息搭人便車的懶學生！

第二次發生在初中。是一份不用創意、只要求學生細心將碎紙捏成小顆粒、再貼在畫紙上砌出圖案的習作。我本來沒有耐性，但媽媽靜靜坐在我身旁，皺着眉頭（她總是皺着眉頭）柔聲說要伴我做。我倆一坐就坐了兩三個鐘，結果我貼出紅黃藍綠的唐老鴨或米奇老鼠之類，看上去還不錯，甚至給貼堂了，在班房壁報板雄視一夥孩子三星期之久！

至於最早的一次：我當時唸小學一年級，老師叫同學用縐紙和其他手工紙，做一朵花。就算是今天，我對這差事也會毫無頭緒，何況當年我只得六歲？我說不定又哭又喊又撒賴——以我的記憶和看着我長大的親戚的一致客觀口述，我小時是小霸王，慣於無恥撒賴，除了溺愛我的父母和爺爺奶奶之外，人見人惡。最後，我爸爸唯有啃下豬頭骨差事，代我之勞。那成果卻是我今天腦海中仍歷歷在目的：是以赭紅縐紙為瓣、閃光錫紙為幹的花；作品不很大，比我當時的小拳頭大少許吧，但它很是精緻，縐紙一層包一層，好看極了。我不知怎的，到今天仍以為那花是一朵玫瑰，儘管它一根刺都沒有。

作品得了甲等；我想，老師根本不相信我有做出那麼一朵花的能耐。但老師大概見孺子不可教，放棄追究了。

爸爸當時是怎麼找到時間做那花的？

因為爸爸是一個大忙人。不是野心勃勃或自我中心的忙，而是為口奔馳、養妻活兒的忙。

「熱狗」與天星

我爺爺是南北行商人，做過不同種類的轉口批發生意，當年在上環文咸西街名聲很響。他領導一家七個子女和生意夥計的魄力，在家族中是個傳奇。二次大戰前，爺爺和子女自廣東移居香港；香港淪陷時期，他們逃回廣東，光復後又返港，總之到處走避。

爺爺的三兒子——我的爸爸——童年在香港度過；爺爺最長的兒子——我的伯父——曾對我說，他和我爸爸小時最親，兩人一起揹着背包上學，云云。

伯父繼承了爺爺的生意，爸爸則於戰後留在內地唸醫科，沒跟大夥兒回港。可惜，時勢的發展愈發嚴峻。爸爸受業中山大學的著名醫學院，曾到湖南長沙的醫學院實習，在長沙認識了同樣唸醫科的我媽媽；畢業後，正值大躍進，爸爸跟着工作大隊通山跑，睡破廟、睡茅舍、睡荒野。我們都知道，「超英趕美」的結果是精鋼煉不成、廢鐵上萬斤，田野飢民無數，政治鬥爭愈演愈烈。爺爺見不對頭，爸爸自己也捱不下去，同時他和媽媽已在一起。於是，爺爺展開了一幕營救行動。他先差遣我的伯父長途跋涉，坐殘破的貨運飛機，跌跌撞撞（是飛機在萬呎

高空跌跌撞撞）地探訪我爸爸。爺爺給伯父的任務，是先看看未來媳婦像不像樣；搞清楚像樣後，再盤劃如何將我爸爸和媽媽運往香港。結果，未來媳婦過關了，爺爺向官僚耍了不少手腕後，才救出我爸媽。

哥哥是爸媽抵港一年出生的。可是，除了孩子出生的喜事，那一年是困厄和挫折的開始。一對小夫妻都受過高等教育，是職業醫生，香港卻不承認他們的資格。不承認原則上不要緊，制度提供了職業試，可讓他們考到被承認為止。然而，香港的制度是英國人帶來的制度，香港的醫生，必須是會洋文的醫生；但爸媽都是以中文學醫的，他倆都過不了語言一關，屢戰屢敗。我還記得，小時家中有一本綠色書皮、打開後只有一個成年人兩張手心拼起那麼大、但厚至接近千頁的中英醫學詞典；它的書頁摺角不少，被翻得快破爛了。詞典今天失落到哪裏，已不可考，但我和哥哥應該都沒丟掉它。

試場失意之際，爸爸覓得一份差事，替教會的診所當「非正式」醫生。他是個大忙人，因為早上在深水埗的教會診所見過病人，下午就趕到柴灣的教會診所應診。當時是六、七十年代，沒有地鐵，連海底隧道也是七十年代初我出生一年才啟用的；爸爸每天坐天星小輪和人稱「熱狗」的單層無冷氣巴士上下班，佝僂度日。在盛夏時的「熱狗」中當人肉罐頭的一員，今天看去是可怕的折磨；也不要以為坐小輪有如當觀光客——試想像繁

忙時段和上百人在搖搖晃晃的機器裏，抵受人氣、煙氣和帶鹽味的海水浪花！

但爸爸仍然有時間和精力，做一朵縐紙玫瑰給我。

三叔

我有幾位堂兄姊，他們稱我的爸爸為三叔。三叔對孩子，總是慈祥親切，給他們糖果，和他們玩；大家今天談起三叔，總帶着緬懷的敬意。

但別的人也有微言說，他只顧行醫的理想，沒理會老爹的生意，太自恃清高了。可是，現實中的他一直掙扎求存，我懷疑他根本沒有自恃清高的閒情。況且他健康不好，幾歲時得過一場大病，雖然僥倖活過來，但體質受到長遠打擊，尤其是心臟；上山下鄉的日子，身體就熬得更壞。印象中，他總是有這種病那種病，從牙痛到風濕都害過，其中最致命的是慢性心臟病；但他仍要天天捱「熱狗」和天星小輪。

爸爸的脾氣一直很好，人也很慷慨、很樂於助人；媽媽曾經抱怨說：「你爸爸上電車上巴士都會不住讓人家先行，讓啊讓，差點兒自己都上不了。」換着別人，大概早就因為日子辛勞而變得暴躁自我，但爸爸的靈魂不像他的身體，沒有被時勢摧殘；這除了由於爸爸本性和善，也可能因為爺爺奶奶一直很眷顧爸爸一房，使我們不致偃蹇困頓，還有餘錢享受生活。儘管

如此，爸爸心裏一定不好過。

生活艱難，挫折重重，底子差的身體受盡命運的鞭笞——爸爸四十七歲就去世，也不是偶然的。

何況，命運為了挑戰他的耐性與愛心，還送給他一個特別難搞的小兒子……

難搞的小兒子

七十年代初有一個夏天，颱風洶洶來襲，香港掛了十號風球。

哥哥當時約九歲，我還未出生。爸爸一家三口住在一棟三層高戰前舊樓的其中一層。舊樓有露台，爸爸在打風當日走出露台，打算搬幾盆花回大廳。突然，一塊磚瓦不知從哪兒被風吹至，擊中爸爸足踝，劃下一道入肉的傷口。傷口即時血流如注。

那個年代，遇上磨損擦傷，我們通常會塗紅藥水消毒。哥哥後來回憶此事，總是稱讚媽媽的醫學專業，因為媽媽告誡哥哥：「千萬不要用紅藥水；要是傷口見筋的話，紅藥水會令復元更難。」於是，他們沒有用紅藥水。爸爸要進醫院治理，最終完全康復。但他的命正是這樣：打風時走出露台，也會遭到橫禍。

爸爸之後為了養傷，閒着一段日子。恕我頑皮推測：會不會正因為此，一年後，才有一個令雙親頭痛的小嬰兒誕生？

我的童年行徑，令我想到「罄竹難書」這個成語。我只說兩個和爸爸有關的事例。第一個事例：我放聲大哭着——堅持不懈地大哭着——被爸爸抱在懷裏，往幼稚園上學去。大概那個早上，我像罷工一樣賴在床上不肯上學，媽媽放棄了，爸爸唯有「運用適當武力」將我挾持到幼稚園。幼稚園在跑馬地馬場旁邊，離開我家很近，平常約十分鐘步行就到，但是抱着一個大哭大嚷、拼死掙扎的小孩，則不知要走多久。這種事情發生過多少次，我忘掉了。

第二個事例，發生在1979年12月初一個晚上。一般小孩六、七歲已會自己洗澡，我卻是七歲仍要爸爸給我洗澡；爸爸當晚也如是。我正在又笑又嚷些不知甚麼無聊話時，爸爸忽然心口一悶，不能服侍我下去，離開了浴室。

爸爸就此離開了我。

他當晚進了醫院：心臟病發。

之後還有幾天反覆的日子，我好像探望過他一次。但到了最後兩天，家人都不讓我去，只叫我留在家。媽媽一句話也沒跟我說；我只記得她一臉繃得很緊、很緊，待在醫院多於待在家裏。

我暫時搬進爺爺奶奶的大宅，由奶奶和她的傭人照顧。

這裏得補充一下：爺爺在之前兩年已過世了。爺爺過世前，我常常在周末到大宅跟他和奶奶住，受他們的寵：我當時

是么孫兒嘛，老人家對我，是特別心軟的。

另外，爸爸病發時，哥哥正在英國寄宿唸高中；長輩決定不通知他，大概因為他年紀太輕，有這種急事發生，一個獨自在外的少年，會難以應對。

十二月十日，我終於再次被帶到醫院。我看見爸爸時，他閉着眼靜靜躺在床上，有些親戚站在一旁，人人愁雲慘霧。

一個嬸嬸跟我說：你爸去了。

我沒哭。

（爺爺去的時候，我和一眾叔叔嬸嬸圍在他榻前；大夥兒呼天搶地，但我也沒有哭。我想，我不是天性心硬冷血，只是太稚幼，對生離死別缺乏感覺。）

然後，我見到媽媽。她坐在離開病榻較遠的沙發上，一臉默然而消極。

嬸嬸叫我過去擁着媽媽，但我竟猶豫了。

而我仍然沒哭。

嬸嬸一氣之下，摑了我一記耳光。

我大哭着，撲進媽媽懷裏。

七十年代最後一個星期

同一個月的月尾，我看電視新聞的大事回顧，聽到報道員說：「現在已是七十年代最後一個星期……」我的孩子腦袋就焦

切而企盼，不住想像未來：八十年代會怎麼樣？我卻沒有回想過去：七十年代開始時，我出生了；七十年代完結時，我的爺爺和爸爸都去世了。我當時不知道，再過一年，奶奶就會中風癱瘓，要看護照顧，在十分難堪而悲痛的十多年之後才得到解脫。

我爸爸至少不用活着看自己母親受苦。

我和媽媽兩個，在爺爺奶奶的家長住下來；哥哥繼續留學，我繼續成長。那就是我的八十年代。

＊　　　＊　　　＊

歲月匆匆掠過，現在連世紀都變了。

四年前，媽媽急病去世。她死時已快八十歲；我那一刻身在英國，像當年我哥哥一樣，未能見至親最後一面。我媽年輕時頭腦很靈敏；曾看過一張她的大學證書，上有她二十多歲的照片，水汪晶亮的眼睛多伶俐！可惜，她辛苦學得醫科專業，來港後竟不能致用，有好幾年使盡辦法（甚至出外留學了一段短時間）爭取行醫資格，卻和爸爸一樣失敗，只能當醫院技術員，人變得憔悴抑悶，也許除了對丈夫和兩個兒子的感情，已失去了活着的熱切。再之後，她中年喪夫，剩下她一人照顧兩個兒子，最小的兒子連十歲都沒有，她就變得更憂鬱。媽媽去世前幾年，兩個兒子都有了穩定工作，連孫兒都生下了；我看這都

是令她安慰的。但除此之外，也不知她的後半生何曾快樂過。

媽媽去時，哥哥的肺癌已確診了一年。哥哥曾到英國的大學唸藥劑，後來一邊當藥公司高層，一邊在中文大學唸藥理學博士，讀得很吃力，但最終還是畢業了，令他十分高興和自豪，因為那是他一生的心願；但心願了了不久，他就發現自己身患頑疾。媽媽去時，他仍控制得了病情，甚至還有上班，更體面地辦好了媽媽的喪事，以致我趕回來之後，也不用怎樣幫忙周章。哥哥就是那種盡心盡力的人——一定是我爸爸的遺傳與身教。喪禮完結我便返英，但再過一個月，就驚聞哥哥的病驟然惡化。哥哥跟命運拉拉扯扯了約半年後，終於在 2014 年夏天去世。

這一趟，我倒是趕得及回來見他一面的。

他不過五十出頭，就離開了我們。

＊　　　＊　　　＊

我小時常常看電視，今天的家長一定不容，當年爸媽卻是較寬鬆的。我有好些關於爸爸的回憶，都連繫上電視，例如：我吃着爸爸自大排檔買回來的乾炒牛河，和家人一起追看當年熱爆的電視劇《狂潮》——我尤其記得繆騫人一槍打死周潤發的一幕。還有：我和爸爸、媽媽、哥哥，一起看七六年香港小姐林良蕙在選美會上得知自己得到冠軍的一刻手舞足蹈、瘋狂大

笑，令我們一家都笑得捂着肚子！

又想到一齣時裝連續劇。是家中連串巨變過後的八一年，我獨個兒看的。劇集叫《富貴榮華》，説四兄弟克服各種不公平和奸人陷害之後，終於找到幸福。該劇有一首插曲，我到今天仍記憶猶新：湯正川唱，顧嘉煇曲，鄭國江詞。曲詞包括以下：

> 滿眼熱淚　怨憤難言　世事常意外
> 今天道路多障礙　苦痛還要忍耐
> 抱怨命運　變化無常　快樂難永在
> 多少患難苦困時　手足扶助見真愛
> 公允哪裏在　苦痛悲哀
> 人生若是舞台　只想這一幕可以改

歌曲的名字：〈心中懷着你的愛〉，今天會被認為很不酷；但我此刻回想，也不禁對自己承認：那曲名，正是幾十年來的真實。

而我甚至一直不自知。

*　　*　　*

命運對於我爸爸的四口之家，不是很客氣。命運至今已將他們之中三人的生命線剪走，暫時只留下我這個活口。我也不敢説命運對我會繼續給情面。不到兩年後，我就會步進爸爸去

世的年齡；之後再過五年，就是哥哥去世的年齡。假如我真如親戚朋友說：「你很像你媽」，我可仍有幾十年的命去活。命運一直以來，只能説斷斷續續地給我一口又一口甜頭，卻還未有特別光輝的餽贈；但甜頭都是可貴的，無論家庭、事業、寫作方面。我應該珍惜。

為了爸爸，為了媽媽，為了哥哥——為了已逝的親人，也為了眼前身邊的人，我都有活下去的責任。好好地、奮力地活下去的責任。

豆先生

麥樹堅

夜深無人，兩下鐘聲和兩串狗吠後，光束射在磚石路上。光圈陡地擴大，從天掉落一個穿西服的男人，詩班同時詠唱拉丁文歌詞：ecce homo qui est faba, ecce homo qui est faba.

這是英國電視喜劇《戀豆先生》的開場畫面。

九七、九八年間，星期日晚十點半，《戀豆先生》在亞洲電視本港台頻道播放。外婆架起粗邊膠框眼鏡——球面鏡片很厚，放大她孩童般專注的目光。她咧着嘴，露出銀色的假牙，期待 Rowan Atkinson 飾演的怪人四出搞鬼搗蛋，時而引吭批評：「哎吔你睇佢幾鬼衰格」，時而笑得全身抖動。樂聲牌背投電視機的功能平平，畫面和音質皆乏善可陳（也由於頻道影像本身差勁），但外婆還是看得入神。

七年後的第三季《戀豆先生》動畫，第十八集（總第五十二集），由 Robin Driscoll 編導，題為 double trouble，講述帶着泰迪熊玩偶的戀豆先生（即「傳統」那位），巧遇手持企鵝玩偶的另一位戀豆先生。兩人一見如故，「泰迪熊」帶「企鵝」回家與女友 Irma Gobb 見面，中間情節不細表，末了「企鵝」帶 Irma Gobb

上太空船，裏面有更多倒模複製的戇豆先生——依此類推，一直在地球生活的戇豆先生可能是外星人。從後追上的「泰迪熊」戇豆先生也登上太空船，樂意與手拿綿羊、河馬、長頸鹿、熊貓、犀牛、猩猩、老虎、斑馬……玩偶的同伴繼續宇宙之旅。最終是「企鵝」做決定，將「泰迪熊」丟回地球還給被抹除記憶的Irma，而戇豆先生俯伏墮地的場面，與電視版的經典片頭呼應。

戇豆先生可能是外星人啊——若當初得知這個設定，我會試着告訴外婆：先揚手喚起注意，再在她的「好耳」旁邊大聲講三次，她才可能聽到其中一次的一半信息。實際上當晚外婆問，節目名稱第一個字筆畫很多，該怎麼唸。我重複幾次，她還是微張嘴巴：「嘎？」折衷而得的婆孫默契，畫面中的傢伙叫豆先生。

＊　　　＊　　　＊

玄關的橫樑上，方形金邊白底黑字秒跳式掛鐘兼負多重任務，包括為我的高考大關倒數，又在每日寅時（凌晨三點至五點）——人體血氣運行到肺經，計算我外婆頭痛、胸悶、氣促的頻率。她血壓高，藥後間或失眠，卻不曉得是失眠放大了副作用的竄擾，抑或副作用令人徹夜難安。隔着木門，我聽到她踩着硬膠拖鞋，滑行到客廳跌坐在彈簧鬆弛、海綿老化的舊沙發上。她該是靜候血氣回順，睡意再臨，遂摸黑守候。總之風雨

不改，準時六點正她就更衣出門飲早茶，那片天於深冬時猶像無邊苦海，紫紺得一顆星都沒有。

外婆久咳不癒，歸咎於降血壓藥，憤然將藥丸塞進電冰箱蔬菜格。藥袋貼有處方日期，原來冰鎮了一年半載的白色藥丸，色澤會灰黃暗啞，解體成小粒、粉末，聚集於藥袋一角如骨灰。母親力勸外婆依時、依量服藥，別枉費她陪診的心機。外婆偶爾不聽話，皆因藥後經常獨對漫漫長夜，我卻巴望長夜漫漫。一夜接一夜，我在吱吱作響的日光燈下翻閱課本和精讀，以斑馬牌走珠筆，寫滿線條分明的六十克單行紙。紙上的知識，用來應付考試，圖個分數，好決定將來走向。外婆的咳喘和床板受壓的聲音，寂靜中恍然具敲鑼打鼓的意味。

多數為乾咳，咳得外婆氣管抽搐，久久回不過氣來。咳喘力度過猛便傷及喉頭，痰涎帶血，她卻不在意，日間我見她抽兩格衛生紙擦擦嘴角便算。老人家習慣用枕頭布，那條灰舊、起毛粒的洗臉巾吸飽藥膏藥酒和頭油的氣味，還有痕跡不彰的涎沫和血絲。

據說側躺比平躺少咳一點，半躺半坐更佳，但外婆更難入眠。肺容量和氣管的粗幼，都依稀被咳嗽勾勒出來，且到了極致，會飄散陣陣白花油香氣——外婆把藥油狠狠滴在舌面，吞服，說奏效。這事後來被姨姨知道，好言勸阻，外婆則理直氣壯：「吁——總好過咳死。」的確，每每咳至臟腑兜亂的程度，

她便捶胸，聽得出不留情、義無反顧地敲打胸口，直像要擊碎胸骨，以痛鎮痛。不過擊打毫無成效，只是發脾氣。

外婆年輕時脾氣兇猛不亞於男子，中年後才稍稍收斂。街市燒肉秤斤現切，欺客的師傅偷偷將一半的肉換成骨，外婆回家後發現，大怒，往問罪途中，逢街坊就講燒味檔的壞話十分鐘，直至返回街市終極控訴。檔主願意賠償，外婆怒氣不減反增，將整包燒肉（連豬骨）丟過去，頭也不回離開，此生不再光顧那家燒味檔。她的剛烈，多少是戰亂後遺。

外婆的廚房常有大蟑螂出沒，牠們的觸鬚像呂布頭上的雉尾翎子，上下擺動。煮飯的時候（僅限此時），外婆睃到這嘔心的蟲子，用拇指、食指和中指指頭準確捏住牠的頸背，箝制住翅膀，手臂往窗邊一振，害蟲飛墮屋苑平台。事後，她在弱水長開的水喉下隨意沖洗那三個指頭，不用勞工梘。

把大蟑螂扔出街後，外婆兩三下手勢就煮起既能佐飯、又能解渴的鹹蛋瘦肉菜心湯。瘦肉切片，用小量糖和生抽醃半小時；菜心洗淨，只摘掉枯黃爛葉。用煲盛水煮開，放薑，下菜心，隔一會兒放瘦肉，鹹蛋直接打入煲內，一分鐘後加蓋熄火。在摺枱另一邊，她從食談到戰亂，包括淪陷時期的灣仔大轟炸：「好慘呀，死好多人。」外婆把豬肉讓給我，多喝幾口薑味略重的混濁湯水。肉片僅僅熟透，嫩粉紅色，紋理清晰得驚心動魄。外婆續說：「舊陣時無啖好食，有碗飯食都不知幾滋

味。」又說打仗期間傷亡枕藉、遍地餓莩，析骸以爨、烹煮棄嬰和幼兒的傳聞不脛而走，我旋即珍惜桌上的飯菜，甚麼大蟑螂果真微不足道。

大轟炸當日外婆不在灣仔，兩個母親的經歷敍述得更切身：走難時跟生母失散，為免做苦海孤雛，就認個丟失女兒、灰頭土臉的女人做娘。常言香港是彈丸之地，但除了住址和工作地方，就沒有可靠的聯繫方法。重光後百業蕭條，有錢登報尋人，對方也未必有錢買報──更何況目不識丁。幸而陰差陽錯，外婆在街上偶遇親戚，方知生母健在，未幾母女團圓，換回舊時姓名。

曾以為湯裏的薑片能緩解外婆咳嗽之苦，然而她害的根本不是寒咳，也不是百合、雪梨能治的燥咳。

＊　　　＊　　　＊

我又曾以為，「豆先生」是外婆每周生活循環之始，或末。

外公在療養院，僅可流質飲食，外婆盡量每日下午帶湯或橙汁去探望。即使以每次半湯匙或更少的份量送進嘴裏，外公還是嗆咳。有時母親無奈，不想外婆堅持餵橙汁：外公口腔潰爛，牙肉敗壞滲血，幾滴橙汁也與粗鹽無異。

尋常日子的午前，外婆乘着飯氣在籐椅上抱膝打盹，或在客廳另一邊的長椅上打呼嚕。呼吸尚算平緩，鬆弛的喉嚨軟組

織稍微震動，通過鼻咽的淤塞，磨人的聲響卻教人安心。這天不跑馬，舅父舅母和姨姨姨丈也不打算回家相聚。

亞洲電視本港台於六點正播晚間新聞，電視機就由那時候開着直至關燈就寢。要是《今日睇真D》夠吸引，外婆也是八點半入房睡覺。外婆耳背，看電視純粹接收畫面──錄影節目尚未流行加配字幕，她在寧靜裏揣摩外面發生的事情。助聽器不論平貴都被她放進衣櫃抽屜，偶爾翻出來掛在耳邊虛應故事。

第一次收看「豆先生」是偶然。睡至半途，外婆氣喘、心悸，便推開棉被步出客廳，開電視機。我扮斟水出去張望，四目交投，就拉張椅子坐下。十點半，節目預告畫面為《戀豆先生》。外婆問：「第一個字好多筆畫，點讀？」

在校我看過多集《戀豆先生》，那是英語老師多臣先生的教材。故我知道，此劇破除語言隔閡，只要文化落差不嚴重，觀賞年齡也不成問題。每集僅得幾句無甚作用的對白，外婆輕鬆得不用讀唇。十數秒施放一次的罐頭笑聲，她毫不知覺，是無勝於聊。我佯裝收看，實則偷瞥外婆看電視的神態。節目播完，我們返回各自的房間，關門，我繼續溫習，外婆祈求睡意濃厚。

收看「豆先生」的默契就這樣建立起來。外婆的時間觀薄弱，經常搞亂星期六和星期天。我會適時提醒，是明晚或今晚十點半，她點首連連。

＊　　　＊　　　＊

外婆深信外公的老人痴呆症（今叫認知障礙症，當中約七成為阿茲海默症）有藥物根治，之後他會恢復記憶，能再說話和活動。婚後，外婆慣稱外公為「老寶」，病榻前一聲聲「老寶」粗糙走調，卻往往令半昏迷的外公眼睛半張。抱持康復的盼望，外婆守護幾百呎、兩房兩廳的單位，盡力吃飯睡覺、對抗疾病。所以，「老寶」的房間不過暫借給我充當自習室。

考罷文學科卷三，我立即收拾物品搬回家去，終日吃喝玩樂，缺錢就去快餐店兼職，夜晚十一點前絕不回家。外婆回復獨居，但我懂得她的節奏：挨晚按亮一盞暗黃的燈，吃點東西，看電視，八點左右嘗試睡覺。三不五時醒來，咳，咳得淚水直流，軟顎發疼，坐起身喘氣。喘不順，就搥胸，吞白花油。然後推開被枕，窩進客廳的沙發嘆氣，守候倦意，果或不果，天將明。天明，吃過早茶抓住疲勞小睡片刻，然後挑個鮮橙搾汁去探外公。

有沒有吞服藥丸，不知。

星期日晚十點半，客廳有亮燈嗎？電視機有開着嗎？音量多少？熒幕四呎以外，外婆有坐好，並架上眼鏡嗎？

＊　　　＊　　　＊

外婆離世後，許多、太多事物能觸起婆孫倆好時辰的片段。

如草食生物，我反覆咀嚼同住期間的大小事情，吞嚥後反芻，再咀嚼。不同的是，回憶並沒有順着瘤胃、蜂巢胃、重瓣胃和皺胃的次序進入下一個消化器官，竟不畏糜爛返回口腔。查證就是胃裏的微生物，令回憶多次發酵，食糜也許有上次嘗不到的味道。但凡與外婆有關，在場而具體的，我便極盡纖細準確之能事；久遠的、屬概念的，便鑽探追溯以免遺漏任何線索。

——令外婆久咳不癒的降血壓藥，藥名以「普利」（pril）結尾，是血管收縮素轉換酵素抑制劑（ACEI）的一種。華人女性服用後多半會咳嗽，嚴重者會咳斷肋骨或頸動脈剝離；其餘副作用是眩暈、味覺遲鈍、出皮疹和睡眠障礙。醫生處方這類降血壓藥，多半考慮到病患有糖尿病。三分之二的高血壓病人需要合併藥物來控制血壓。到底，藏在冰箱蔬菜格的藥丸，會有鈣管道阻斷劑和利尿劑嗎？令人失眠的心悸是藥物副作用，抑或心血管疾病本身的徵狀？

——蟑螂，學名蜚蠊，是雜食昆蟲，約有四千種，當中數十種入侵家居，如美洲蟑螂（體長 35 至 43 毫米）、澳洲蟑螂（體長 25 至 30 毫米）和德國蟑螂（體長 12 至 14 毫米）。蟑螂進食時會吐出嗉囊裏部分食物，也會邊吃邊排糞，故能傳播多種疾病的病原體。蟑螂的腳分泌油脂，靠毛細現象在光滑表面爬行，美洲蟑螂的觸角為體長的 1.5 倍，最高爬行速度為每小時 4.5 公里。

——灣仔大轟炸發生於 1945 年 1 月 21 日下午近四點鐘，三百多艘盟軍戰機，以 B-29 超級堡壘轟炸機為主力，飛越維多利亞港轟炸港島金鐘的海軍基地和船塢。戰機於三千米上空飛行，日軍的地面火力鞭長莫及，無法抵擋四十多枚空投的炸彈。詎料炸彈誤投灣仔核心地帶，由海旁一直往後數，東住吉通（告士打道）、八幡通（軒尼詩道）和八幡道廣場（修頓球場）一帶，日軍的娛樂場所連同三、四層高的民居，五百多幢建築物一瞬間爛得像墮地的豆腐。這次轟炸令一千人喪命，約三千人受傷。此外，盟軍戰機於 1944 年 10 月轟炸紅磡船塢，波及學校和民房，有三百人死、三百人傷；1945 年 4 月，兩度轟炸銅鑼灣，第二次更以聖保祿醫院為目標。

*　　*　　*

不能自拔的查證癖，點點滴滴建立起我一個人的「外婆學」。固然考究至極，靈魂也不能穿越時空重複體驗。然而憑藉多樣的理解，修改觀察路線尚算游刃有餘。事情或許不是逢星期日晚，我擱下要讀的書，陪外婆觀看輕鬆易懂的《戀豆先生》。是她創造一次暫停，讓她本人，順便招攬我一起迴避可見、可知而不可見甚至無法感知的變化。劇中笑料是旁枝，罐頭的洋人笑聲屬末節，抖擻才是真實——自願不自願，各自步向難關前，於 vale homo qui est faba 響起前，痴愚憨直。

一定得

快要大學畢業的時候，一次在中文系辦公室外遇到黃子平老師，閒談間提及憂慮畢業後將在雙失漩渦裏跌撞，不少同學已報讀教育文憑，而自己心猿意馬，始終未敢下決定，既怕白花一年時間修畢文憑才發現不願再入校園，又怕往外亂闖未有優秀條件為人賞識。當時老師輕描淡寫卻也堅定地説：「天無絕人之路，你一定得。」

大學三年級上學期，逢星期五上午八點半是文學批評課，老師不定期與我們進行測驗，每次測驗都只有幾個不算特別艱深的題目，而且還能開卷，大家輕易就能取得九字頭或一百分。我們都覺得這測驗大抵是用來「點名」統計出席率的，尤其因為測驗總是準時八點半開始。如果得到一百分，我會在小休的時候拿着貼紙去請黃老師在我的卷子上貼貼紙，老師總不拒絕，笑着撕下一個貼紙，貼在我的考卷上。有次老師問我：「為甚麼你今天不貼貼紙呢？」「沒辦法，因為這次我錯了一題。」老師哈哈大笑，囑咐我下次要拿一百分。記起最初會請老師給我貼貼紙，全因為第一次發回測驗卷時老師看到我的筆記本，

哈哈笑說：「嘩！貼那麼多公仔！」就在這刻，忽發貼貼紙的奇想，老師並未嫌棄幼稚，使我至今不捨丟棄那幾張卷子。

黃老師從未責罵我們，偶爾還會在課堂上講故事，讓我尤為深刻的有兩個：刺蝟與栗子、灶君吃麥芽糖。印象中某節課期間不知何故竊竊私語之聲此起彼落，老師忽然說：「你哋好嘈。」全班立時鴉雀無聲，直至下課仍一室寂靜。這是老師對我們最嚴厲的一次，並未大動肝火，然而一句提點已夠震懾我們跳躍的心神。

魯迅課我們讀《野草》，要寫散文詩。我已記不起自己寫了甚麼，卻仍牢牢記住大家對評語的執着。發還習作的那節課，大家着急地讀詩，看到某些詩行旁邊有一個「✓」已經喜上眉梢，看到同一節有兩個「✓」，更是喜不自勝了！豈料一位同學收到習作後竟神氣地說：「黃老師寫了評語給我。」眾人的詫異難以言表，同學只道老師寫了四個字，卻未有與大家分享老師的評語，更叫人恨得牙癢癢。最後不知是誰偷看了那份習作，發現老師真的在他的詩後寫了四個字⋯⋯讓大家既羨慕又嫉妒的評語，原來是「不用隔行」幾個字。我們自然是要向同學喝倒彩的，笑鬧之中不難發現大家對評語的追求和重視，也可見老師在大家心中的位置。畢業兩年後我得到出版的機會，我的第一本書其中一篇序就是黃老師寫的。終於，我也可以得到教我珍而重之的評語了。

畢業多年後一次跟師姐與黃老師相約下午茶短聚。老師比從前瘦了，但精神飽滿，笑笑說畢業這些年，我的孩子臉還是沒變。「啊，這次不是短髮呢。」這是再次見面時老師說的第一句話。

我憶起畢業之初幾位同學相約與老師茶聚，黃老師是我們的畢業論文指導老師，當時老師開了一個玩笑說常常看見我，原來因為我和一廣告板上的模特兒髮型、打扮頗相似。畢業前我的確剪了短髮，那是我長大後初次剪短髮。想不到多年前初嘗轉換髮型這麼一件小事，老師竟未忘記。

席間，老師耐心地聽我們盡訴心聲，還贈我們親筆簽名著作。回家的路上，許多從前的畫面一一浮現，畢業已好些年，周遭許多幻變我們未及掌握，只在得失與自我懷疑之間執着、猶豫，日子似是圓足，又似無所獲。走到轉車站，大雨忽然滂沱像瀑布，撐開傘還是無法抵擋風雨雷電，只是傘仍是要撐開的，路還是要走的。就像我們在短聚時光裏，談到生命裏即將面臨的轉變，包括身份、處境、崗位……種種的挑戰、適應、恐懼、困頓、惶惑……還有不可預測的、始料不及的難題和更多更多。老師適時的回應、分析、指點，一切一切仍如往日那般親切未變。當我們提到在困境裏的自我懷疑與否定，黃老師依然說：「一定得，你們都沒問題。」不多番重複，卻始終語氣堅定。

未必每道欄都可以跨過，就如必須在瀑布裏抵受沖擊的傘再堅忍也有骨折的危機。只是在面對考驗時我們仍要有反覆的思考、討論，更要有無比的毅力和堅持的意志。

　　世事人事盡皆紛擾，幻變無常，而深願恒久不變的，是我們誠懇真摯的師生情誼，與處事時的毅力與堅持。

剝裂中泛出夕陽的銅光

劉偉成

　　尖沙咀海旁的星光大道本身已是他國文化的翻版，所以要在此道上豎立代表香港獨特精神的銅像，實在有點戲謔效果——別人發明打手印作為登錄形式，我們幾十年後才跟着做，着實是笨拙得可憐。幸虧經營者還肯花點心思添新元素，豎立了兩尊已故影星的銅像，至少要能供人憑弔屬於該影星的黃金時代，讓人在崩頹世局中找着慰藉，不然又是變成聊備一格的招徠。現在大道上豎立的，一尊是李小龍，一尊是梅艷芳，都出於內地雕塑家曹崇恩之手。前者姿態是李預備踢腿時的前後彈跳馬步，這幾乎已是他的招牌動作，更在他的電影中重複多遍，踢斷過「東亞病夫」的牌匾，向全球華人傳遞過自強不息的信念。雕塑家大概也接收過如此感召，所以作像時頗傳神地流露出這種攻守兼備、隨時反擊的蓄勢。李的手指看似鬆弛微屈，但二頭肌卻是繃緊，這表示手指是在運勁的，隨時可以挺直發出截拳道的寸勁，又可直接握拳出擊；另外他的後足只腳尖着地，前足腳掌踏地，代表他剛彈前了一步，乃進迫之勢。銅像就這樣提醒我們在苦難中也要緊記不要當病夫，要鍛煉自

己，迎難向前。

　　到了為梅艷芳塑像，雕塑師似乎有點茫然，他在訪問中表示這是因梅形象百變。不錯，她沒有像李小龍那樣為自己創作了一個招牌姿態來經營；加上，梅沒法像李那樣赤裸上身，通過肌腱上力的動向來顯示內心情感。羅丹的許多女性塑像都踮起腳尖的，例如《吻》和《夏娃》以顯其處於躊躇被動的狀態。梅的銅像跟李的銅像相反，是前足腳尖踮起，後足着地，是重心後移的狀態。那大概是因為梅正把華麗的裙襬向後撥準備踏步之故，這是合乎現實的模塑，但問題是銅像題為「香港女兒梅艷芳」，這個姿態究竟反映了怎樣的香港精神？當然我們可以說這特別找劉德華來題的字只是為了表達香港普羅大眾對她溘逝的惋惜，但現在的銅像可引發這樣的共鳴嗎？在李小龍所處的年代，只要很單純的信息已可感召全球華人，梅所屬的年代，正是香港影視業由盛轉衰的時勢，雕塑師並非土生土長的香港人，要他捕捉到能激起香港人共鳴的姿態可說是苛求。事實上，若論塑像的技藝，曹先生是能保持李小龍那個水平，只是對於跟我們這一代人一起成長、拼搏的梅艷芳的銅像，我們的期望自然是更高了。

　　誠然，事後孔明誰都懂，這令我不禁反問自己，如果我是雕塑師，我又會捕捉梅的哪一個姿態神情作像？反覆思考後，終於得着一個令自己滿意的答案。梅在得悉自己罹患末期子宮

頸癌後，依然拒絕切除子宮，仍期望可為所愛的人生兒育女。她還帶病完成多場演唱會，為的就是不讓買了票的粉絲失望。演唱會尾聲，梅說大概此生也沒機會穿婚紗，所以特別為自己選了一套婚紗穿上，將自己嫁給舞台，然後高唱她的名曲〈夕陽之歌〉（為電影《英雄本色3》的插曲）。這歌原調為日本的馬飼野康二所作，可能由於調子哀怨，所以差不多同一時期還有另一首改編歌——陳慧嫻的〈千千闋歌〉，兩曲都關乎離別。〈千〉是為陳暫別樂壇而作，屬於生離，而〈夕〉後於〈千〉發行，在電影中主要是烘染死別的哀愁。可能因為〈千〉關係陳第一身的隱退心聲，大家的心思還糾結在真切的慨嘆中，誰還會騰出心神去顧念和體味配合虛構英雄橋段的說教歌？加上梅的女中音最適合演繹滄桑的調子，實非卡拉OK喜歡大放大收的年輕嗓子模仿得了，所以當年〈千〉的唱片行情要比〈夕〉為高。

當梅帶病在演唱會最後唱〈夕陽之歌〉，她的身世經歷給整首歌提供了堅實支架，整首歌彷彿為她度身訂造似的，在許多年前創作的歌詞，竟像預言一樣道盡她的故事。那沉實略帶幽怨的聲線令日暮的情緒顯得纏綿悱惻，又不失剛守信念的氣度。梅雖然在唱〈夕陽之歌〉，但我卻彷彿同時聽見她〈似水流年〉的歌聲，在「只是近黃昏」的慨嘆中不忘回首。記得曾看過梅的一個訪問，她說回首只為證明自己沒有後悔。沒有後悔，才會甘心接納今天的自己，無論成敗。

斜陽無限　無奈只一息間燦爛

　　　　　望着海一片滿懷倦　無淚也無言
　　　　　望着天一片　只感到情懷亂

隨雲霞漸散　逝去的光彩不復還

　　　　　我的心又似小木船　遠景不見
　　　　　但仍向着前

遲遲年月　難耐這一生的變幻
如浮雲聚散　纏結
這滄桑的倦顏

　　　　　誰在命裏主宰我　每天掙扎
　　　　　人海裏面

漫長路驟覺光陰退減
歡欣總短暫未再返
哪個看透我夢想是平淡

　　　　　心中感嘆　似水流年
　　　　　不可以留住昨天

奔波中心灰意淡
路上紛擾波折再一彎
一天想　想到歸去但已晚

　　　　　浩瀚煙波裏我懷念
　　　　　懷念往年
　　　　　外貌早改變　處境都變
　　　　　情懷未變

在唱〈夕陽之歌〉的副歌時，梅獨自一人步上鋪了紅地毯的梯級，看着她的背影拖着從頭飾延伸出來的長長白紗，我記得自己泛出了淚來。〈夕陽之歌〉一曲完完全全屬於梅艷芳，卡拉OK裏再好的歌喉也不可能複製出那種滄桑中的自恃的心境。

「剝」卦

那時我想，如果要給梅一生配一個卦，那一定是「剝」卦，所象徵乃「陰剝陽」之勢頭——卦中六爻中只有上面艮卦的最上爻為陽，對應一天的時光就是日之將盡的黃昏。剝卦所象徵的「剝蝕」之勢乃由下至上開始。就是從下卦，全為陰爻的「坤」卦起始。坤卦象徵土地，是母性的象徵。我們都知道梅跟母親的關係談不上和諧。她很年輕便到荔園演唱，幫補家計，面對炎涼世態，捱過許多苦頭，靠的就是那唯一陽爻所化成的義膽，而這正是她生命中唯一的上升力量。雖然跟母親失和，她卻沒有失去對人的信任，相反讓她賺得許多朋友。就是這一陽爻的上揚罡氣，讓一天跑數場的酒廊歌手，很早便知道「酬」跟

「囚」諧音，所以在她過身後，從受過她提攜的後輩口中，我們知道她愛仗義疏財。就是那一陽爻的上升軌迹，讓她的目光不囿於射燈在舞台上烙出的牢圈，還會放眼救國大業，向災劫橫禍中的生命伸出援手，不管在明還是在暗，她都願意幫。大概就是她一直領會到陽爻受着其他陰爻拖累，不堅持上升便等於認輸，她體會過抵禦下沉陰爻的惶惑，所以她願意分享這一口不服輸的陽爻真氣，藉此堅定自己努力上揚的意志，所以她說回望是為了證明自己不後悔。我想當看見當天扶過的朋友，現在都過得幸福，總算對得起以往扶過自己的有心人，當天那一點代價，還算甚麼？與其說梅艷芳演活了《英雄本色 3》的周英傑，不如說梅艷芳就是現實中的周英傑。

如果把〈夕陽之歌〉的感悟看作抵禦下沉剝力的陽爻，將留住美好的奢望變成享受平淡的自我期許，便能更豁然接受失去；那麼〈似水流年〉便是順應其他陰爻帶來變故的淡然，等待這些橫禍在歲月中發酵，成為可堪細酌的甘醇。就像蘇軾因「烏台詩案」受牽連時，曾經心灰意冷，在獄中曾給弟弟蘇轍寫「絕命詩」，其中四句：「是處青山可埋骨，他年夜雨獨傷神。與君世世為兄弟，更結來生未了因。」思緒曳着橫禍的渦流，陰爻的剝力似乎逐點逐滴在侵蝕他的意志。當他被貶黃州後，朋友都怕受牽連，不敢伸出援手，詩人慨嘆：「驚起卻回頭，有恨無人省。揀盡寒枝不肯棲，寂寞沙洲冷。」（〈卜算子〉）可幸，還

有馬夢得不怕受累，把軍營東面的坡地撥給蘇軾夫婦使用。蘇軾感念這份恩情而把名字改為「蘇東坡」。之後便在東坡上自耕自種，自斟自飲：「夜飲東坡醒復醉，歸來彷彿三更。」（〈臨江仙〉）這樣倒也活得恬淡適然。蘇軾在〈答李端叔書〉中記述給醉漢推倒在地的心情竟是：「自喜漸不為人識」。蘇以往貴為堂堂翰林大學士，發此言說非消極的埋怨，乃是「龍潛厚積」的籌謀，就好比夕陽要把珍貴的餘暉集中投到生命根本之事上。蘇軾還道：「木有癭，石有暈，犀有通，以取妍於人；物之病也。謫居無事，默自觀省，回視三十年以來所為，多其病者。」這是變成蘇東坡以後才寫得出的省悟。樹上的木瘤、石上的暈斑、犀角上的洞腔，這些都是剝卦陰爻的那些斷隙，乃屬病態，是夕陽金光所不屑皴染之處。

誠然，梅艷芳未及東坡居士的感悟層次，但面對災劫，她大概也明白那陽爻始終孤掌難鳴。下面坤卦最後發出至陰的剝力，莫過於發生在代表母性的子宮的頑疾，許多人都說她傻，不肯接受手術，還堅持完成多場演唱會，又唱又跳，等同自殺。我想那是「輸人不輸陣」的信念，縱使生命中只有一陽爻，但還是要戰至最後，轟烈地、燦爛地退場，就像夕陽。當她慢慢步上階梯，我便覺得那道白紗便是她生命中唯一的陽爻，它剛正而不暴烈，豁達而不張狂。它在紅地毯上就是一道餘暉，教停下來讚歎的眼睛知所珍惜——如果僅有的一道陽爻亦能成

就如此輝煌，那麼我們還有甚麼好嗟嘆？是時候好好檢點自己的卦象中還有多少上升的陽爻，並加以發揮。到達頂端，白紗蓋住了樓梯的崎嶇，梅艷芳已成了香港舞台上的一位「沒有梯級的樓頭人」，彷彿一開始便站在高端的天后，往日的崎嶇壓根底沒有置喙之餘地。她回頭向觀眾舉手揮別，大喊一聲：拜拜！台下的淚眼無不崩堤。

如果要我為梅選一個神態作像，我會選這穿着婚紗、站在樓頭回頭舉手揮別的一刻。只有這刻的雍容才配得上那〈蔓珠莎華〉的華麗；只有這一刻的傲骨才撐得起〈壞女孩〉不認輸的傲氣；只有這一刻的傳奇，才能將其他陰爻的剝力折服在樓下。銅像的腳下還得清楚看見繞到腳前的白紗，覆蓋着幾級階梯，柔化了階邊決絕的輪廓——以此暗示那是最後一次回望，是對香港的顧念，而那揮手作別的姿態，雖然沒有詩人筆下的雲彩繚繞，但我們彷彿聽見她那句：「回望只為證明自己不後悔。」

如果剝卦是梅一生的卦，如果梅是香港的女兒，那麼但願香港這位母親會聽到女兒用生命所演活的剝卦的警示：在時不我與時，應秉持信念，沉着扎穩根基，伺機突圍。夕陽之後，便是黑夜，香港人以為入夜後是所謂東方之珠的舞台，於是盡情揮霍，向天打出激光，恣意大放煙火，卻怎樣也遮不住老態。這城市不知不覺間已變得冶艷妖媚，無復夕陽那一抹餘暉的質樸自然。銅像長長的頭紗上，蓋過幾級崎嶇以後，不妨把

一小截垂出台座，並在上面把〈夕陽之歌〉的一句歌詞弄成它的蕾絲花邊：「漫長路驟覺光陰退減，歡欣總短暫未再返，哪個看透我夢想是平淡」。

懂得享受平淡，才會甘心；只有甘心，才領悟到回首證明自己不後悔的意義；只有這樣的領悟才能在世道剝裂的塌勢中，為這城市透出夕陽一樣的銅光；只有這既冷凝又溫煦的銅光才能表現坤卦中那賠上性命也要保全的孕育和傳承的殷切盼望。銅像則該題為「因無悔而絢爛的夕陽——梅艷芳」。

忘不了，卻忘了
——我們的香港之寶

潘步釗

　　上世紀九十年代，足球圈的朋友邀請我為他當教練的乙組球隊客串，協助爭奪盃賽錦標，只踢三數場。球隊屬於半職業，因此除了微薄車馬費，每次比賽或練習後，班主都會宴請全隊球員到酒樓晚飯或夜宵。班主是個愛穿整齊西裝的肥胖商人，長着一張圓圓的臉，愛金錢也愛足球，對隊員友善親切，叫人想起《大鼻子情聖》電影中，那不大懂詩、卻充滿寫詩熱情的麵包店主人。

　　飯桌上啤酒肥牛縱橫交錯，此起彼落。一群精壯成年漢子，總是充滿激情地圍坐在一起。許多條結實黝黑的臂膀在半空中交相揮動，指指劃劃，或者猜拳碰杯，或者舉箸夾菜，或者指着其他隊友說剛才那一球踢得怎樣不對……我不愛喝酒，更不慣在杯酒間呼么喝六，只低頭默默吃着。這時，我總會發現一位老人家，也坐在圍席間低頭默默地吃。他頭髮花白，個子不高大，微呈鷹鈎鼻樑托着烏漆深嵌的雙眼，五官的輪廓線條清晰有力，雖然隨意的坐着，卻自有一種凜實之氣，像武俠

小說中描寫的精悍鏢師。他坐在一旁，每次都不多說話，只專注地低頭在吃。

圓圓的一張枱，隊友圍坐一起，從來不知哪裏開始哪裏結束，我隔着騰騰升起的飯菜熱氣和香味，看着低頭專注地吃的老人家。他吃東西的節奏很穩定，像沉澱了數十載為口奔馳的倉皇，難得此刻穩守了一隅的安定。偶然我聽到隊友會問他：「師父，你說是不是？」「師父，你來評評理，怎會這樣？」他抬起頭，總是笑一下，說：「差不多啦！無所謂啦！」

三數次飯聚，老人家每次都在，但都不多說話，只低着頭在吃，吃過了便靜靜地坐着看着聽着。有一次，我忍不住問身旁的隊友這位「師父」是誰？隊友瞪大了眼睛：「你不認識他？」我尷尬地笑着搖頭。「他是姚卓然！」這時輪到我瞪大了眼睛，定眼看這位仍在低頭、努力把飯菜往口裏送去的老人家，花白頭髮下，滿臉皺紋，與我閒常在公園長椅上看見的寂寞老人，沒有不同，他，竟然是名震香港五六十年代的球王姚卓然！

我七十年代中開始看足球，小學仍未畢業，姚卓然已經退休多時。那時代，足球單純而燦爛，即使「大頭仔」胡國雄尚未成為不容爭議的球王，但那創意層出、穿花蝴蝶般的盤扭傳射，把一種體育運動，推向了藝術表演般悅目好看，數十年來，我再沒有在香港球壇看過這樣的足球；至於「阿香」張子岱，那時已經馱着微突的肚腩，在愉園度過最後的職業足球

歲月。我仍記得當年報紙上印着「愉園五萬元買阿香」幾個大字，比今天特首當選的報道還要斗大搶眼。阿香，是張子岱的乳名，「香」字就代表香港，阿香亦代表香港足球，至少他是至今唯一能夠在英格蘭頂級聯賽上陣，而且取得入球的香港足球員，這些，喜歡足球的香港人都知道。那是足球帶給香港人很多歡樂和驕傲的年代，我們不需通過這道球門，帶着「香港勁揪」、「捍衛本土」等直幅橫條高聲叫喊，我們一樣激情，一樣關心……重要的是足球，和足球帶給我們簡單的歡樂。

至於姚卓然，是更早一輩的足球巨星，用「巨星」來形容，應該沒有人會反對。他曾代表中華民國奪得亞運足球賽金牌，又參加 1960 年羅馬奧運會，比賽中技驚四座，當時的西方媒體稱他為「香港之寶」。「香港之寶」名震球壇多年，是各大球會爭相挖角的對象，當時年薪一說高達港幣四萬元，在五十年代，這足夠買兩棟房子，折換成今天計算，少說也超過二千萬。這樣威名赫赫的人，此刻就坐在我的對面，只是低頭，默默、專注地吃。

對於上一輩或者更早一二十年的球星，即使我不願意遺忘，卻無法不選擇陌生。影像不興的五六十年代，除了那些偶然可見的發黃黑白舊照片，仙漢無槎更無路，於是我此刻，發現與鼎鼎大名的前輩球星相遇對坐，我驚詫間來不及反應，更不會像現在的年青人，馬上用手機自拍，再放到網絡上分享。

只在想，如果他是姚卓然，他就是「香港之寶」，那即使稱他作「師父」，遠不能準確描述他的地位，哪管後來他走在怎樣顛簸飄泊的人生路上，又或者數十年來的香港足球，是衣冠楚楚，還是襤褸倉皇，我們都難以否認，更不應忘記。球隊最後在四強賽事出局，我也沒有留隊，更從此再沒有見過「師父」，甚至不大記得曾有人提起過他的名字。

一直到了十多年後⋯⋯

2008 年 2 月 3 日，全城媒體鋪天蓋地報道偶像男女在網上瘋傳的電腦淫照，大家在驚訝、責備、蔑笑、嘆息，大街小巷，鎂光燈下亂跳着鞠躬道歉和真假的淚珠與關懷，喧囂幾乎佔據了城市的每寸空氣。也是這天，我在報紙的下方小小一角，讀到姚卓然默默病逝醫院的新聞。那坐在我對面專注低頭地吃的身影，多年來，早已消失在群眾的視線和關心，城市發展和現代化過程中，這身影淡淡隱去，像喧鬧晚飯時鍋上熱騰騰的蒸氣，上升、飄散，最後慢慢寂滅在空氣中。報上說他不擅理財，甚至揮霍無度，晚年受病魔折磨，要在醫院長期臥病，到逝世時仍然孤獨，榻伴無人相送。我握着報紙，一邊想起自己年青時的足球歲月，一邊閱讀着一種悲哀的闐靜。

我喜愛文學、足球和粵劇，五六十年代的香港，有姚卓然張子岱，有金庸梁羽生，有唐滌生仙鳳鳴，幾乎我平生最喜愛的東西，都在這段時間出現了天才橫溢、為香港史發熱留光

的人物。香港足球迷記得「小黑」、「四條煙」、「阿香」、「大頭仔」、「阿平」這些乳名和綽號。忘了，忘不了，一肚皮不合時宜，過分的懷舊，就算不是病態，也會被人批評「戀殖」。我不懷念殖民歲月，卻始終戀戀着年青時，躺臥在柔軟可靠的球場草坡上，天空藍得像無邊無際的帷幕，白雲可以自由飄動，鳥兒高高低低地飛。這叫做青春，青春可愛，因為是不是三月的風，也會來揭我青春的帷幕，帷幕是大畫布，塗抹出一切可能。我們的城市，也有過這樣的青春，或許我們走得急趨，忘不了，卻忘了！

於是我神思飛躍，八十年代初，當上職業足球學徒。職業球會有自己的宿舍和完整制度。我在球會邀請我註冊成為全職甲組球員的關口，勒馬回頭，入讀了浸會的中文系，在生命渡頭作必然也應然的轉向。我離開職業足球，沒有掙扎和思考。除了因為職業足球令足球變得複雜，在香港當職業運動員，更是破釜沉舟的勇武行為，我既然希望用學問和文字，在歷史留下自己的身影，善忘而面目模糊的香港足球，當然不能是年青時理想的選擇。

殖民時代，政府不希望香港人懂得懷念和記憶，推動體育運動，包括最多香港人喜愛的足球，除了讓市民有機會消耗精力體能，然後繼續安分守己生活工作外，沒有任何目的。去年我參觀利物浦晏菲路球場，除了球星的巨型外牆掛畫，到處

可以看見魯殊、杜格利殊及奇雲基瑾等一代名宿的相片或紀念物，利物浦的足球沒有忘記他們，整個城市更加沒有。我一生酷愛足球，但壯年時竟與一代球王對面不相識，現在想來，仍然相當慚愧，只是有責任為香港人留住包括足球在內的體育記憶的袞袞諸公，你們也要加油啊！

　　數年前，一位八十年代的香港足球先生兼代表隊隊長來我校當足球導師，他當年領軍，在「五一九」一戰中擊敗中國隊，又入選世紀百大足球明星，名字響噹噹。我和他三十多年前效力同一球會，每星期有數天一起練波吃飯，同在一宿舍洗澡洗波鞋。三十年後相逢，我問他是否認得我，他有些尷尬地說記不起了，到我別過臉來，問正跟他學習踢球的初中學生，你們可認識他？學生同聲說不知道——他遺忘了我的同時，也被香港年青一代遺忘。我難免想起晚年靜臥醫院角落的姚卓然，儘管年輕時技驚四座，挽着波鞋走過揚起的微塵，或許可以驚起加路連山道一群群踏着碎步、喁喁耳語的小麻雀。最後，微塵落下，聲音也止住，一切彷彿從沒發生過。就像當年政府大球場改建後，我們不但仍然無法擁有專屬足球的場地，反而漸行漸遠，那片無垠的綠，在更闌潛換之間，七人欖球的狂情裸跑和偶像演唱會的尖叫聲，慢慢取代了自五六十年代一路傳來足球迷的叫喊歡呼。日子久了，大家都聽不見，更加想不起。

　　我們的「香港之寶」被遺忘了，即使生命走到最後，也只能

默默褪逝在小島一隅，隨着療養院靜謐的夜溫，在如水的晚涼中，裊裊淡去。被遺忘的或許還多着呢！一切就如二十多年前的球賽晚飯後，大伙人離開酒樓，我看着老人家默默跟在一群壯年漢子身後，汩汩柔柔的月光底下，身影散亂稀薄，無聲無息地，黯黯沒入暮色之中。

林風眠的痛苦

鄭政恆

　　2017 年 11 月底，晚秋，微寒，我有機會再遊杭州，抵埗次日早上，吃完早餐，我就踏上停靠在工地旁邊的共享單車，沿湖墅南路南行直赴西湖。

　　屈指一算，上一次到杭州已是 2009 年，又八年了。這次有公事在身，而且酒店與西湖有一段距離，曾想過不要勉強趕赴西湖一遊，但細想後覺得不對，機不可失，還是盡快動身。

　　西湖一帶的改變甚大，商業化是不在話下，幸好湖濱仍是舊模樣，沿着南山路走，右方是湖，左方就是中國美術學院，我也不禁想起中國美術學院前身的國立杭州藝術專科學校，而首任校長，正是現代畫家林風眠（1900–1991）。

　　林風眠早在二十六歲，就擔任國立北平藝術專門學校校長了，兩年後他南下杭州，擔任杭州藝專校長。然而林風眠的一生，可謂歷盡坎坷，經歷抗日戰爭以及政治迫害不在話下，對一個創作者來說，自己的作品被毀，甚至因形勢所迫而親手將作品毀壞，才是藝術家的痛苦之至。晚年定居香港的林風眠，憑着記憶重畫自己的作品，往昔作品可以隔世重生，不單是畫

家之幸，也是觀者之福。

　　林風眠以繪畫仕女、西湖風景、戲曲人物水墨畫聞名，然而，最教我注目的卻是林風眠作於 1989 年的《噩夢》、《基督》、《痛苦》等沉哀之作。我無意在此一一細表，只想說一說其中的《痛苦》。

　　林風眠的《痛苦》有二，第一幅《痛苦》是油畫，作於 1929年，又稱《人類的痛苦》。畫作跟其他林風眠的二十年代作品如《人道》（1927）等一樣，毀於抗日時期，只存粗糙的印刷圖片。小說家無名氏在隨筆集《沉思試驗》中形容《痛苦》有「德拉克羅爾的浪漫風，後期印象派的情調，中世紀宗教畫的構圖，東一個西一個的痛苦的人臉，全宇宙陷在絕望中。」（〈林風眠——東方文藝復興的先驅者〉）《林風眠論》的編者鄭朝形容說：「從正、背、站、坐、俯、仰、欹、側各個角度，表現出各種內心強烈痛苦的情狀。」（〈林風眠早期的繪畫藝術〉）林風眠又曾自言《痛苦》是由於友人在國民黨清黨時被殺害，感到痛苦，畫成了「一種殘殺人類的情景」。

　　畫作無存，我們只可以靠零碎資料重組模樣；又正因為不存在，林風眠早年的人道主義油畫已成了中國現代繪畫歷史中的神話。其後，他從西方現代主義畫風抽身而退，步入東方與西方交融的新的藝術世界，他的作品在意境上具有東方神韻，纖巧恬靜，雅致靈秀，在手法上又廣納西方的構圖、用色、光

影等形式手法，開啟了中西合璧的藝術坦途。

1977 年，林風眠隻身來到香港，暫時寄居於九龍彌敦道的中僑國貨公司，並以賣畫為生，除了重繪舊作，也開展《人生百態》組畫，分別為《戲如人生》、《勞作》、《尋求》、《孤獨》、《等待》、《捕》、《護》、《逃》、《問》九幅，其中《捕》和《問》都畫了兩個人，並以魚為意象，有論者說是關乎林風眠被捕入獄和天問，但《捕》的右下角有幾條魚，「捕」大概是指捕魚，不是人，而畫中兩人，應該是耶穌基督和使徒彼得，至於《問》中兩人，也是基督和彼得，大概是指彼得對信仰的疑問，以至基督復活後三次問彼得：「你愛我嗎？」其實，林風眠香港時期的畫作，以基督宗教為題材，並不罕見，而且意在刻劃出人的痛苦與超越。

林風眠執筆再畫《痛苦》，時維 1989 年，殘殺人類的情景竟在中國重現。林風眠的《痛苦》作於香港，是舊作的重畫，但已跟前作大不相同。新的《痛苦》具有表現主義風格，線條運筆粗獷厚重，用色以藍和黑為主，黑暗之間有些微光如即將熄滅的火焰，映襯着黑暗幽森的畫面，殊異帶來了對比；一眾女體面目哀憐，前景偏左的女性人頭好像人的眼睛，當觀者看畫，畫中人又看着觀者，現實與藝術並非兩相軒輊，在沉默無言之中，畫中人與觀者利用眼神交換着痛苦的嘆喟。

輾轉六十年，晚年的林風眠又回到早年的人道主義精神，

《人生百態》組畫、《基督》、《噩夢》和《痛苦》等作品，保持了畫家的個人風格，向外伸延觸及社會時事，體現出類乎宗教情操的悲天憫人之心懷。林風眠藝術作品的美和力，最終，收結於苦難與同情之中，畫出了崇高而真誠的句點。

（重畫）母親不肖像

樊善標

1

前幾年的事了，在雜誌上看見一幅油畫，酷肖母親，剪下來給她看，她説不像，妹妹也認為不像。我捨不得扔掉，隨手塞進抽屜。誰知不過兩三年，竟然找不出來了。其實也沒要緊，母親活生生的每天相見，何勞丹青傳神？只是近來喜歡看畫，不免私下設想，要是自己拿起筆，該怎樣表現？素材真不少，也許能夠畫成一系列。

最富戲劇張力該是她遇劫那一次。我在客廳聽收音機，播音員嘮嘮叨叨的討厭，忍不住想調校電台，一抬頭，母親已在家裏，神色古怪。留心一看，頸項和鬢髮纏着一團牛皮膠紙，正舉起手忍着痛撕掉，手肘有幾處擦損。「我給人打劫。」她語氣平靜如常，我沒聽真，只覺她罕見地粗服亂頭，於是哈哈大笑。後來陪她到警署報案，那值日警官深明警民關係之道，一直數落賊人，「沒人性的，錢都給了，還要動粗，也不念在一把年紀……」我扭過頭來瞅着母親，只見她噘着嘴不答。都説藝術家對現實事件有改造加工的權柄，為了加強衝擊力，怎樣把脱

困罵賊兩個場面、母親警察我三個角色合併描繪，令人費煞思量。

除了那次遇賊，我們的住處本來是頗為安全舒適的。說「本來」是因為我們加建了一個小小的房間，麻煩就出在這原來沒有的幾十方呎上。房間最初是我住的，後來放了一台縫紉機，改作母親每天賺幾十塊錢的工作間。年深月久，石棉瓦接口漸漸剝蝕，傾盆大雨時牆壁和天花都會漏水。某天下班，縫紉機如常噠噠噠噠，我探頭一看，母親戴了一頂草帽，身披褐色斗篷，有類蓑衣，腳邊的盆子滴答有聲，饒有田園風味。「牧童歸去橫牛背，短笛無腔信口吹」，我記得徐悲鴻、李可染都畫過這種題材，因此也該拿來揣摩揣摩。

我不懂欣賞晉唐古畫，甚麼女史箴圖，我辨不出筆法高下，然而畫上諄諄規戒的箴言，卻也有助聯想。記起小學二三年級前，我的課本母親還看得懂，她也就兼任補習老師。「教不嚴，師之惰」，她是深以為然的，我在家裏因為做功課吃的苦頭實在不少，例如學寫「弓」字，我簡簡單單一筆完事，母親卻強迫我非分三筆不可。那時自然不懂得拿文字學老祖宗許慎「以趣約易」的道理抗辯，稍有異動她就抓起直尺一敲。可惜我既不怕痛，也不愛哭，只默默忍受過去，因而也僅止於記住「弓」分三筆，字卻始終寫不漂亮。

母親常讚美外公的書法，他雖然開雜貨鋪子，卻是個讀書

人，過年時鄰里都求他寫春聯。就是幾個姨母的字也都不錯，只有母親年紀最幼，出生時正值抗戰，讀不了幾年書，不免相形見絀。但她有點數學天分，心算快，辦法活，據說是自小在店裏賣東西培養出來的。母親的家鄉我到過，跟她童年的環境自然不一樣，但在我腦子裏縈繞不去的，一直是類似的背景，配上昏黃的燈泡，有點甜有點鹹也有點潮的空氣，雜貨店裏走進幾個熟客，一個十歲不到的女孩伶牙俐齒地報上價錢，手裏拿着秤，秤砣幾乎垂到地上去。客人走了，她拿來一根筷子，從陶罌裏挑出一團麥芽糖，或者伸手到大瓦缸裏揀一小塊冰糖吃。大人都用不着管她。

母親對數字的敏感，加上做小買賣的訓練，確讓她嘗到了些甜頭。婚後父親要她專心一意做主婦，於是她在家裏坐了十多年的牢，後來我和妹妹長大了些才到製衣廠拿些衣服回來加工，直至十年前又學會了買賣小量股票和外幣。她興趣日濃，儼然經營起副業來，電台、電視、報紙的金融消息都不放過，而且運用一套簡捷的原理預測市道，例如她說，知名程度相若的幾種股票，假如一起上升，只有一種穩定，再有利好消息時，就應先考慮未升的一種。異常簡化的推理，點綴幾個專門術語，總令我既驚心又莞爾。一度我也嘗試留心市場動向，苦啃五花八門的分析原理，但資產值、業績、市盈率、長期短期走勢、國際政局等，全都是變數，一盤帳目不知從何算起。母

親的投資既然薄有收益，我也就放心不過問了。只是有時一念飄過，假如不是專心當了那麼多年的主婦，母親現在的形象，會不會是手持流動電話、皮包放着電腦記事簿、心律節奏和恒生指數呼應的「女強人」？

不過她好像不曾認真後悔過。帶大兩個乖孩子，處理好千頭萬緒的家務事，讓丈夫安心工作掙錢，她認為是自己的本分。雖然她老埋怨父親守舊落伍，雖然她容許租我們房間的二十歲出頭小伙子把女朋友帶回來睡覺，母親畢竟是個傳統的人。其實細心審視，誰沒有些相反相成的性格傾向，又何獨母親如此？難怪立體派的畫，人物兩三個鼻子、七八隻眼睛只屬等閒。想來我正該畫這種風格，太寫實的恐怕畫不來。聽說我還在襁褓的年紀，常常把隔壁的阿姨錯認作母親，可見我的觀察力自小已不過爾爾，這系列的畫作，他們的批評大概仍是不像不像。

2

這篇二十二年前投稿不成的舊作，從一部電腦搬家到另一部電腦、再到下一部電腦裏，竟然至今沒有丟失。軟件換了許多代，檔案還打得開，只增生了一叢叢亂碼。我也幾乎到了母親當日的年紀，身心的毛病不會比舊文檔的問題少，能夠為肖像系列增添一幅更不肖的嗎？

＊　　　＊　　　＊

　　6 月 23 日星期一，早上在家裏趕寫一篇參加研討會的論文，下午到辦公室簽署一些緊急文件，然後回家繼續寫論文。四時三十分電話響起，妻接聽，神色大變。原來父親跌倒，母親打電話來。我忙報警，妻先跑到相距幾分鐘步程的父母親家裏。

　　我到達時，父親側臥在浴室，母親正把竹枕拿去讓他墊着。父親見了我，想撐起身，我怕他骨折了，叫他不要動。地上血跡不多，他也清醒，聲音並不微弱，我稍稍放心。母親又拿來毛巾，讓他蓋着保暖。原來父親洗澡後跌倒，幸而母親在家裏，即時發現。我再問父親痛嗎，他似乎小聲說不痛。

　　救護員到了，和父親在浴室裏說了幾句話，然後扶他坐到救護椅上。父親後腦有些未乾的血，但不多。他謝謝救護員，聲音比剛才大了一點。救護員讓我們拿一件前面扣鈕的外衣給父親，他仍能自己穿上，我再舒了一口氣。

　　一會，救護員說父親想嘔吐，我就近拿起字紙簍來接，他吐了一大口黑色的液體，末了有些紅色。救護員問午餐吃了甚麼，有沒有豬紅。母親答沒有。我們家裏從來不吃豬紅的。父親看來有點累，自己捧着字紙簍又吐了一次。不過救援及時，相信即使中風，也不要緊的，我想。

母親隨救護車而去，我和妻坐計程車。我們先到達醫院，等了幾分鐘，救護車才到。救護員把父親抬下車時，他抓着救護員的前臂，很用力的樣子，眼神卻像很空洞。母親說救護員在車上指着她問，這是誰，父親答「我老婆」，又問叫甚麼名字，父親答「陳美卿」，再問你叫甚麼名字，父親答「樊」，然後就不說話了。

　　急症室裏陸續來了幾個醫生，重複詢問事發經過。母親說父親洗完澡，如常在臉盆搓洗毛巾和內衣，母親在客廳看電視，忽然聽到浴室傳出響聲，開門進去，見父親跌倒在地上，口鼻都有血跡。

　　晚上八、九時左右，一位腦外科醫生通知我們，父親要轉送深切治療部。他的後腦頭骨裂了，但受創最嚴重的是腦部的前面，那是因為跌倒時撞到牆壁的反彈力。父親顱內大量出血，腦壓很高，情況不容許動手術，只能觀察會不會自行止血。但父親原有心臟病，腹腔血管又安裝了支架，這次摔倒可能會引致急性心臟病發作，或者血凝塊堵塞血管令下肢壞死，醫生提醒我們要有心理準備。

　　同樣的話有一位女醫生又來說了一遍。

　　我們在深切治療病房門外等候，那位腦外科醫生再來對我們說，父親在急症室的時候，心臟停頓了七分鐘，注射強心針後恢復跳動，但現在要插喉使用呼吸機。又說父親的一隻瞳孔

擴張到最大，另一隻稍小，但對強光也沒有反應，最低限度他一邊的腦幹已經壞死了。

想不到事情急轉直下至此。父親送院途中，我打電話給妹妹，還告訴她不用擔心。她趕到時，父親卻已完全昏迷了。

醫院容許我們每次兩人在床邊陪伴。記得幾年前父親動腹腔血管手術後，在深切治療病房裏插着喉管，麻醉藥效慢慢褪減，他恢復了一點意識，露出非常驚慌的神情，我撫摸着他的手臂，安慰他不用害怕，手術已經做完了。現在也是插了喉管，但只有輕微的抽動。我問醫生他會不會痛，醫生説可以注射嗎啡，讓他舒服點。

到這時，我們知道極可能回天乏術了，最怕是父親變為植物人，萬一感受到痛苦也無法表達。醫生徵求家屬意願，要不要關掉呼吸機，讓父親慢慢離去。母親問，會有奇跡嗎？

十時多我們送母親回家，清理了浴室的血污，讓她洗澡、睡覺。然後回到我們的家裏，我做了一會公務，回了幾封電郵，妻工作得更晚。我獨臥床上，眼前不斷閃出父親跌倒的幻覺。

凌晨四時，醫院來電，説父親血壓急降，要我們盡快趕去見他最後一面。這次護士讓我們全部人進去。父親的血壓在 37 至 41 度之間，心跳卻有 117 下，護士説心跳快是為了補償血壓不足，一旦心力衰減，血壓就會劇降。又説，這是最後階段

了，我們可以向父親說話，聽覺是最後失效的感官，他可能聽得見的。整個晚上，母親一直冷靜，這時也只低聲地喚父親的名字。我不知道該不該期望父親有反應，那既代表他仍有生命跡象，也表示他在受苦。

接下來的一小時，父親的心跳只減了少許，我記得在 101 下時維持了很久，血壓也只稍降。再之後的三個多小時，心跳和血壓下降都不明顯，我們考慮要不要回家歇息一會，但母親不想離開。近中午時，父親的心跳和血壓終於歸零，兩天來，我第一次痛哭。其實上一次哭可能是遠至童年了，母親則頻頻拭淚。

*　　　*　　　*

沒料到父親去世會帶來這麼大的變化。

母親向來大膽，父親離開之後，她再也無法獨自過夜，甚至一到黃昏，如果家裏沒有其他人，她就要到街上去。我在她的客廳睡了個多星期，疲累不堪，她才同意讓我睡父親的床。不久聘到了傭人，我可以回到自己的家裏了，可是三年多之後的今天，我知道她還是沒有完全平復。有一次我說夢見和父親相對，那是個沒有情節的夢，我知道父親已經不在，但感到很溫暖，母親只是唔了一聲。三年來她很少主動提起父親，除了各時節的拜祭。

母親以往的靈巧仍在，但我幾乎無法欣賞了，反而專注於她的缺點，例如她總是駁斥別人，而且為了反駁可以不斷鑽進枝節裏，又例如她總是挑傭人的小錯，飯後用甚麼大小的碟子收拾剩菜，每次都不對她的心意，更令我不耐的是，她似乎不能有一刻停下來不說話。最近讀到一篇文章，作者對她的妹妹說，「對她我已沒了mercy」，說的是九十歲患腦退化的母親，妹妹忙勸她不要說這種話。讀着陡然打了個冷顫，我遠未至陷於作者的困境，為甚麼竟然這麼強烈地想逃避母親？

父親生前總是重重複複地說那幾件事情，其中之一是調侃母親生下妹妹後，我仍要她餵飯，母親罵我：「最好是一個對一個，你就開心了。」我現在每想起來都要忍着不重提舊事。與父親相比，母親卻是口才便給，數落起父親來有條有理。他們都買股票，母親批評父親買入了就捨不得賣出，不知道收股息致富的時代早就過去了，父親只強詞奪理地說，他就喜歡買升得慢的股票。日常生活裏，父親說話也常常令人不以為然，例如他接到一個促銷電話，很不高興，竟然告訴對方這裏是殯儀館，母親說豈不是自觸霉頭？他又非常痛恨母親一位朋友的丈夫，我考上大學時那人不無莽撞地評論，讀中文無法謀生的，每次提起這事父親都咬牙切齒，我忍不住諷刺他小氣記仇。諸如此類的事情真是說不完。

父親六十歲那年，經營的藥材店因業主收回地方而結業退

休，在家裏鬱鬱不歡，母親說：「從前你在鋪裏工作，家中所有事情我一個人包辦，想不到現在仍要當獨行俠。」後來我們總算成功勉強父親陪母親去了幾次長途旅行。父親去世前一個月，我和妹妹商量暑假裏兩個家庭和父母去一趟短程旅行，父親竟然不用說服就答應了，可惜出發時他已不能隨隊。第二年我們又和母親去了一次旅行。

父親以往工作時間很長，九點出門，晚上近十點才回家，一星期工作七日，每年只有農曆新年休息幾天。八十年代中開始，稍為縮短了，但仍是和同事相處的時間比家人長得多。退休後父母親的關係每每因為日常生活的小磨擦弄得很僵，有一段時間我還擔心父親吵架不敵會動起手來。那時我和父母同住，也覺得家裏好像突然多了一個人，很不適應。

不知道是幸運還是不幸，母親有一次突然暈倒，此後還試過好幾次瞬間不省人事，父親送飯到醫院，陪母親覆診，爭執也就暫時平息。母親的病中西醫都找不出原因，只知道心跳率很低，睡覺時有停止跳動的危險。父親翻查一本多年前買來的中藥參考書，認為有一服蘇子降氣湯能針對她的病情。母親沒有精力辯駁了，姑且服用試試，居然好轉了。此後十多年父母一直在小衝突中度過，但我也開始發現母親向來說話太不留情面了。

父親在世的最後一剎，妻湊近他耳邊說了幾句話，後來她

告訴我，是答應父親會盡心照顧母親。她說，老爺是很疼愛奶奶的，也許當年就是被奶奶的伶牙俐齒所吸引。三年後的此刻，偶然想起這句話，我才明白，母親不斷數落父親太笨，但她沒有意識到自己有多依賴父親的笨。而我附和了那麼多年，到現在又轉而數落另一人，對鏡自照，這不就是母親既肖又不肖的畫像？

M 師傅與 N 師傅

黎翠華

自從父母搬到粉嶺，每次回家，我都不知該去哪裏剪頭髮。

以前住在港島東區，街上有無數商店，每三五步就有一家髮型屋；而這個要坐邨巴或走十五分鐘才到火車站的住宅區，面向和合石墳場，附近只有一個超市、一家便利店、幾家時開時關的餐廳，地鋪加租之後連醫生都搬走了。應該有理髮店但我沒碰上，等於沒有，又懶得為此坐火車去他處尋覓，就任頭髮長垂肩上，煩了就用夾子盤在腦後。

快過年了，母親認為我要整理一下儀容，到處給我打聽，終於找到一家理髮店，不遠，就在麵包店旁邊。她說：「人家問你找哪個師傅，你就說阿 Main。別看他在這種山旮旯理髮店工作，聽說是從英國回流的，圍村人，手藝不錯，為了照應父母在附近找個事。」

「這是中文名還是英文名？叫阿明吧？」

「不是阿明，我記得很清楚，是阿 Main。」

母親是不會英文的，但我想來想去都沒有一個近音的中文字，怕記不住，就以阿 Main 為音寫在日曆上，旁注理髮店M師

傅。

「其實甚麼師傅都無所謂，不過隨便修剪一下。」我邊寫邊說。

「千萬不可！理髮店都欺負人，特別年近歲晚，顧客多，生面孔的就隨便找個學師仔打發掉，效果差太遠了。」想不到母親如此重視髮型。她不以為然地說：「剪壞了，一年到頭都不順眼，多難受！要不你跟我一起去吳太那裏剪。」

「呀！不！」我嚇了一跳，趕忙說：「OK，就這個阿Main吧！」

曾幾何時，這個吳太，我們都不當一回事的，今天竟然有資格成為她的顧客了！

我們從未見過吳太，只知道是一個中年婦女，在筲箕灣一幢大廈的十一樓給人做頭髮，洗剪燙都行。母親說，是個三幾百呎的兩房一廳單位，地方淺窄，廚裏裝了一把洗髮椅，客人擠在客廳輪候，沒有空調，夏天熱得一身汗。但吳太收費廉宜，如果不夠錢，可以只燙一部分，下次再補燙，或恤髮，怎麼樣都行，甚得一眾省下買菜錢做頭髮的家庭婦女喜愛。那時我和妹妹去銅鑼灣做頭髮，髮廊舒適、雅致，髮型師打扮得像模特兒，又帥又酷，要約時間的，怎會把吳太放在眼內。我們覺得母親的髮型太保守，勸她一起去銅鑼灣做頭髮。她唉聲嘆氣地說：「要是給我弄個爆炸頭就慘了，我好不容易才找到一個

師傅是你父親沒話説的。」

父親很早退休，沒事做，甚麼都要管。早上跟着母親去買菜，一路批評這攤的東西不夠新鮮那攤的斤兩不夠老實，看上眼的又嫌貴，囉囉唆唆，教母親六神無主，在菜市場繞幾圈都不知買甚麼。我聽過父親大發議論，認為理髮店的收費不合理。像我母親，一直留短髮，比弟弟們的還要短，為甚麼理個髮竟比男人貴？他認為母親做頭髮之前應該講價，據理力爭。母親跟我們訴苦：「人家明碼實價，都標在門口了，你叫我怎麼講？就只會向我發脾氣，又不見他跑去跟人爭論。」幸好我們是自己掏腰包上髮型屋的，給他知道價錢更不得了。

終於找到吳太，住家式理髮店，只做女客的，價錢相宜，工夫也不錯，家裏總算安靜了一個時期。母親喜歡在吳太那裏跟街坊閒聊，一群女人，有講不完的私密話題，好熱鬧，等多久都無所謂。大概母親聊得太高興了，父親覺得不妥，怎麼弄個頭髮要半天？回來不停審問。人多，吳太一個人又洗又剪忙不過來。人多為甚麼她不請師傅擴充店面？請師傅太貴，租也貴。這個女人就只會自己賺錢不理顧客死活，下次不要去了。

説白了，我父親實在無聊透頂，一個人待在家會心慌似的，無時無刻都要偵查我母親的去向，那年代，沒人想到這有可能是憂鬱症。後來，為了證實燙頭髮是否真的需要那麼多時間，他跟着去。一屋女人，就他一個大男人，又胖，已經不夠

地方，還給他佔了一半沙發椅，像隻圓滾滾的河馬闖進兔子窩裏。他臉皮幾尺厚，沒甚麼不好意思的，監察官那樣盯着人家洗頭、剪髮、染髮、燙髮……母親説：「他還帶上報紙去消磨時間，從不催促吳太加快手腳，也沒責怪人家不多請師傅，臉上微微笑，看似心平氣和，其實心裏在計算着我。大家還笑我好福氣，有老公陪着做頭髮，糖黐豆，年輕人談戀愛似的，一刻都捨不得分開，唉……我真是有苦自己知！」

每次燙頭髮回來，母親都苦口苦臉，滿肚子委屈，得空就找我們傾訴，覺得自己像個笑話。

多年的怨語，像平原上的涓涓流水，偶有阻滯也不過碰上些散落的碎石，彈起幾星水花。怎料有日竟天崩地裂，河道斷開，小小溪流飛墜巉岩絕壁，撞得魂飛魄散。一天，父親突然狂吐不止，最後吐的是血。母親驚慌不已，那時東區醫院仍未落成，救護車送他去瑪麗醫院，昏迷了兩天，醫生叫家人盡量趕來，我們以為沒救了，誰想到兩個月後他又爬起來回家。

這之後的日子就不一樣了。從父親第一次中風，康復，到再中風，再康復，直至撒手而去；從瑪麗醫院到東華醫院到東華東院到東區醫院到北區醫院到大埔醫院到那打素醫院；從九七回歸到金融風暴到沙士到禽流感豬流感，大家跟着他扶牆摸壁拐杖輪椅的顛簸走來竟度過二十個寒暑。長期照顧病人，母親當然最辛苦，一頓飯都要分兩種做法。這期間，忽有地產

商對我們住了幾十年的舊樓發生興趣，不時有人上門，居民又要開會，更是亂上添亂。母親連做頭髮都拿不定主意，怎敢跟別人談判，甚麼都得問我父親，由他來決定，可是中風之後他又言語不清⋯⋯擾攘多年的拉鋸戰，大家都不放心上了，以為不成事，地產商卻突然拍板，跟着訂下搬遷日期。一時間搬去哪裏？帶着一個病人，她都不知從何收拾，屋還未拆，天好像已經塌下來了。

重拾做頭髮的話題，是近年的事。左流右竄的泉水狼狽奔逃，跌落深淵，再出現，是山下一個平靜的湖，經歷許多沖擊之後的平靜，風來時才能興起一點點的波瀾。

母親無事倚窗遠眺。山上，葬着我的父親，這亦將是她的歸宿。因為能預知自己的安息之地，她有一種奇異的安詳，淡淡然地讚歎着眼前的景致，風涼水冷，她說，然後回過臉，像一朵背光的雲，幽暗但邊沿閃爍。她撫摸着吹亂了的髮絲：「該剪頭髮了，我最討厭頭髮擋眼睛。」

原來，她一直在吳太那裏做頭髮。

對於髮型我早失去熱情，偶見母親特別精神，也沒問她在哪裏剪。她一向都是短髮，外表上不大看出變化，依照頭髮的生長速度，她應該久不久就去吳太那裏一次，才能保持這個樣子，而這個樣子讓我們感到一切運作正常。或許，她不想我們看到她的疲態，只有躲到吳太的小客廳裏，才能放心地露出真

面目，喘口氣，讓疲累的肩背和痠痛的腿有片刻的歇息；也或許，那些不想跟我們說的話都可以跟吳太說，一邊燙頭髮，一邊傾訴，甚麼都不做、不理、不想，只注視着鏡中的自己。

如今，再沒有這個需要了。她不用操心任何事，錢隨便花，多貴的師傅亦無所謂，天天到髮廊洗頭都行，何必老遠的去找吳太？

「你把阿 Main 誇得那麼好，為甚麼你不去他那裏做頭髮？」我問。

「唉！我都試過了，沒有一個師傅像吳太那麼有耐性。我們這些老人家，沒見識，不知現在流行些甚麼，也不想搞新花樣。你知我，來來去去都是那個髮型，燙完要把捲曲的髮梢剪掉，看上去要像沒燙過似的。但講來講去，別的師傅就是弄不出我想要的樣子，要求多了別人又覺得我麻煩，有些甚至以為我老得快懵了怎麼弄都無所謂。吳太就不同，她很細心，不用多講就明白了，燙完再剪都給我沖洗得乾乾淨淨，不會有碎髮留在脖子上。她知我不喜歡噴髮膠，從來都不會亂噴，髮型也保持得好好的。」

弄個頭髮，來回交通就耗上半天。她早上八點出門，下午三四點才回來。有時遇到老街坊，或約上她的姐姐妹妹，燙完頭髮再喝下午茶，就更晚。我不似父親，沒有耐性陪着母親做頭髮，但也不放心，跟她要吳太的電話號碼。

吳字我當然會寫，但在 M 師傅旁邊，得要把吳太尊稱為N師傅，一切師傅的師傅。誰有那個本事，透過髮絲觸摸到客人的心意，又能維持幾十年的關係，即使腰痠背痛、山長水遠都要跑回去？

　　算來，這個吳太亦不年輕。除了星期日，她永遠在那裏，天天揮動着剪刀，跟她的客人一起老去。街上，樓拆了，樓蓋了，樓又拆了，而時光在這裏靜止不動，幾十年不變，最多是裝了空調或換了沙發。這幾百呎的空間裏，平凡的家庭主婦掙脫無日無之的油鹽醬醋，也不理臉上長了多少皺紋，只顧着講話。她們坐在這裏或那裏，肩上搭着五顏六色的毛巾，頭髮濕漉漉的滴着水，或捲着髮卷。吳太手中的吹風機嘩嘩響，雕塑家那樣把各人的理想髮型塑造出來，一邊分享她們的喜怒哀樂。母親身處其中，忘了是何年何月，間中抬眼瞄一瞄鏡子，以為還看到坐在沙發裏讀報的父親。

嚴太太的慈心

鍾玲

2014 年夏，香港大學副校長、工程學院士李焯芬教授，寄來一大袋的資料，是有關「韓國新羅歷史文化之旅」的旅行團。行程中的海印寺、佛國寺、通度寺在三十多年前我去過，那時胡金銓在韓國拍電影《空山靈雨》和《山中傳奇》，我常去探班和帶補充品過去。於是興起了舊地重遊之念。我回電話給李教授說我想參加這個旅行團，李教授說：「你記得三年多以前我們跟着嚴先生、嚴太太去廣東肇慶學院的事嗎？嚴先生幾個月前去世了，本來我要陪嚴太太去韓國，讓她放鬆一下心情，可是近來我身體不太好，不能去了。你能幫忙照顧她嗎？她八十了。」我當然非常樂意。

結識嚴寬祜、崔常敏夫婦是 2010 年冬的事，他們的福慧慈善基金發放獎學金給內地貧困家庭的學生，還捐款蓋一些大專和小學急需的校舍和圖書館。他們夫婦託李教授找一位學者，去跟肇慶學院的同學談談人生、談談修養，李教授就推薦了我。我們幾個人在香港上了一輛休旅車駛去廣東肇慶。嚴先生八十多歲，嚴太太七十多，兩個人都是精瘦的小個子，但是神

采奕奕。嚴先生頭戴一頂灰色的毛線帽，身穿黑色的棉襖、黑長褲，眼中發散慈祥的光輝，他不多說話。嚴太太有一張小圓臉，總是笑着說話，嗓子甜甜的、微帶沙聲，是一種聽過就不會忘記的聲音。在肇慶學院的一間教室中，我看見嚴太太親手把現金一一發給一百多位大學學生，嚴先生微笑着站在一邊觀看。我也去參觀了他們基金會捐款給學院新蓋的圖書館，閱覽室和書庫都很寬敞，而且樓頂很高。

　　嚴先生是一位香港企業家。1997 年他們夫婦與友人以三千萬港幣成立福慧慈善基金，用其孳生的利息和善心人的捐款，每年投入幾百萬元在內地行善，至今應該已經幫助了幾萬名學生。基金會每年向二十餘間大專院校發放獎學金。除定期資助大專院校學生外，還設有個別助學方案，幫助品學兼優的窮困高中學生，就讀大學。受惠的學生大多來自務農的家庭，家長收入微薄。因為孩子有志向上，渴望升學，很多家長為供孩子上學節衣縮食，甚至負債纍纍，有些家庭為了供一個孩子上大學或高中，被迫讓另一個孩子輟學。嚴氏夫婦二人每年專程去大陸十多次，從上海、天津、陝西等地的高校到四川、陝西、甘肅的小學，足跡遍及大江南北和偏遠鄉鎮。事畢，我們由肇慶開車回香港，在高速公路的休息站，嚴太太買了十幾個紙箱的橘子送給同車的我們，也帶回香港給同事和朋友。看得出他們夫婦後半輩子就以給予和付出為事業。

2014 年 11 月我到香港赤鱲角機場與韓國歷史文化之旅的團員會合。這次見到嚴太太，她的面容些許枯槁，笑容少了、話也少了，應該是為老伴的去世而傷心，也因為整整兩年照顧病重的丈夫，疲累不堪，現在還要一肩挑起慈善基金會主席的重擔。到了韓國我才見識到高齡八十的嚴太太之生龍活虎。每次帶隊的學者丁新豹教授講解古跡歷史的時候，她都聚精會神地聽講。這次古跡探訪之旅，也是考驗腳程之旅。不論是參訪上千年的佛教古寺，還是參觀幾百年前韓國的儒家學者講學的書院，下了車都要走上很長的一段山路。常常下車出發時，我們兩個人走在一起，但是不到十分鐘，嚴太太已經不見蹤影，她的腳程比我快很多，所以我一到目的地就得到處找她，當找到她時，她會說：「因為我怕落後，所以就走快一點。」我心想，說這句話的人倒應該是我，還說要我照顧她呢！

我唯一能幫到她的，就是替她張羅素食，這是因為全隊三十多個人，只有嚴太太一個人吃全素，所以每餐我都在事前提醒導遊要通知餐廳準備一份素食，但是五夜六天十六餐，餐廳大多沒有準備她的素食餐。我們旅行團每餐都是吃韓國料理，主菜或是烤肉，或是有大塊肉的一碗湯，或海鮮湯。我只有向那一小碟一小碟的佐菜下手。她不吃辣，所以那麼多碟帶紅色辣椒粉的泡菜、醃蘿蔔、醃黃瓜都只好放棄，只能找不辣的小碟青菜，或豆腐，或海帶。如果出現小碟的黑豆，就是天

大的運氣，嚴太太認為它是人間美味。我不但把我那碟給她，還跟其他團員要、跟餐廳要。只要有黑豆，她就一副心滿意足的樣子。她說：「沒有菜也沒有關係，吃白飯也行，我鍾意吃白飯。」也許她在前輩子做過苦行僧。六天下來，她開朗了一些，也恢復了她滔滔的口才。

這三年她還是跟先生在世時一樣，每年去十多間大學把獎學金親手一一發給貧窮的同學，也常跟同學們通信，鼓勵他們。只是現在不再有先生結伴，而是由基金會的同仁或義工同行。二十年下來，他們幫助過的學生不少進了一流大學，有些從事教師、工程師、醫生的職業，有些成為專業的廚師、護理人員、技師。他們夫婦給太多年輕人上進的機會、提升自己的機會、幸福的機會。

2016 年我去香港探望她，跟李焯芬教授、基金會的譚溢鴻秘書長四人一同進餐，之後到嚴太太的住所小聚。她住在港島一棟服務式住宅大樓中。原來他們夫婦住的單位不大，只有一房一廳，家具樸實、佈置簡單，倒是兩面牆的書架都列滿了書。桌上放了嚴先生的照片。她說：「服務式住宅會每天有人來清掃和換床單，我連傭人都不必請，我生活只求簡單，每天白天去上班，晚上到姐姐家吃晚飯。」她又告訴我，不久以前她去一趟美國，兩個星期就把房產給處理了，那是他們在美國由 1970 年代到 1990 年代初的家，兒子就是在那裏長大的。朋友

説房子的價格賣得太低了，她說買房子的人很高興和感激。至於房裏的家具，她挑揀好的送給他們夫婦以前護持過的佛教寺院，餘下的送給朋友，最後剩下的家具和器皿捐給了救世軍。她說所有的財產她會盡快一一處理，不會把麻煩留給兒子。大部分現款會捐給基金。財物愈少，人愈輕鬆。

2017 年我到位於上環的福慧慈善基金會辦公室去探望嚴太太。辦公室很寬敞，是善心人士捐贈給基金會的。我送給她和辦公室同仁兩盒澳門的特產杏仁餅，又送嚴太太一盒加拿大產的花旗參。她卻說自己一向不吃補品，因為煮起來嫌麻煩，所以不要送給她。我在小拖箱裏翻我帶的其他東西，找到在阿里山上買的兩塊檜木油肥皂，她高興地收下說：「這個我能用。」

我說：「你現在差不多每個月都去內地發獎學金，跑來跑去，累不累？」

她說：「不累，習慣了。而且我沒做甚麼別的，全是慣做的事，我會做到生命的最後一刻，甚麼時候走都沒有關係，因為沒有牽掛。」

她這句「因為沒有牽掛」震撼了我，這四十年來她全心全意、實實在在地幫助數以萬計、有迫切需要的人，自然心安理得，活得自在，這種境界非常高超，多少人做得到？我更望塵莫及。我的眼眶濕了，她望着我，會心一笑。

雲上人張世彬

璞健行

　　雲上人不是世彬兄行走江湖的綽號。雲上人是他寫的一本散文集著者的代稱，也就是筆名。

　　世彬兄比我晚一年入新亞書院中文系，比我晚兩年畢業。他唸了五年，只因當時香港中文大學正式成立，新亞是成員書院之一。他得延遲一年畢業，才能獲頒授香港中文大學第一屆學位。至於我們早時畢業的人，要獲學位，則需補讀一年或兩年。我沒有照補如儀，新亞本科畢業後，考進新亞研究所。一年後也就是世彬兄取得香港中文大學學位前一年，離開香港。

　　世彬兄高瘦個子，話說得興奮或者高興時，會夾雜一陣響亮笑聲。我留下這麼一個印象：他許多時候穿一件「夏威夷」白襯衣，兩手微微撥動走路；說是擺動也好，說是不大收斂也行。他是新界元朗人，據說有些元朗人習慣這種近似走路方式的。我們稱世彬兄為「張君」。他走路的動感，我有時竟然會牽扯到「將軍」一詞上面去，雖然明知是全沒道理的牽扯。

　　我三年級時世彬兄二年級。中文系二年級同學必修曾履川（克耑）先生的「詩選」課。曾先生最重詩作練習，班上同學作品

雲上人張世彬 ｜167

自然不少。我讀過世彬兄好些篇章，覺得他隨意揮灑，多奇意奇語，並且詩膽很大。他有一首五律〈落花〉，起聯是：「去住原由命，癡人解得麼？」「麼」字作韻腳不常見，有人或者會顧慮近於曲子用語而遲疑不敢下筆的，他可全然不管。有一回曾先生以〈螢〉命題，同學們或者寫清宵流輝，或者寫照書撲扇；他則以「獨留冷耀明幽夜，不向人間照讀書」作結。夜色幽寒，書卷不映，意與象另闢方向。

那一年學校舉辦學術論文比賽。我知道有些同學寫文參加了；我也寫了一篇投寄，心底居然還有入圍甚至可能得獎的信心。一段時間過去，結果揭曉了：冠軍張世彬同學。我不無意外，我本來沒想過他會投稿。平日閒談，話題天南地北，就是很少聽他提及讀書問學。不過一看論文題目：〈論宋詞之四聲陰陽〉，儘管全文未見，心底已有折服的感覺。宋詞研究，從作品本身聲音律調的角度切入，不是常見的案頭文學外緣論述方式，走別人不走的路子，自見特立可貴。他獲獎文章刊載在1962年《新亞生活雙周刊》第四卷第十五期。我通讀全文，徵引繁富，析論精微，當中指陳古今名家失誤，一以材料作依據，結論堅實可信。自思要寫成這樣的文章，一定辦不到。當時不知怎的，忽然心頭還浮起宋濂的文章〈秦士錄〉來了，覺得文中對秦人鄧弼的一些描述，似乎可以轉移到世彬兄身上去。這鄧弼是一名狂生，平日不見「挾冊呻吟」，可是有一回卻以胸中積

學教兩名「讀書人」啞口無言。

我離港近八年，期間全沒跟世彬兄聯繫。回港之時，他已在中文大學崇基學院音樂系任職了。重逢飲茶打麻將——那時他和我都喜愛這玩意，他談笑風生，氣度丰采沒變。牌局緊張進行之際，他會忽然放聲唱起歌來。

過去七八年間的事，我從同學口中和他們文章裏約略知道一些。

大學最後兩年裏，世彬兄的學術興趣已不再是宋詞，完全轉到中國音樂方面去了。他說過以後一輩子要「獻身」於中國音樂研究事業，於是着手盡量搜集海峽三岸出版的音樂書刊，好些還屬絕版刊物。他甚至千方百計託人在日本訂購研究所需的書籍。與此同時，他參加新亞國樂會，隨名師習藝，主要學古琴。國樂會導師有時講課，他總來聽講，靈動好問。國樂會成員之一的譚汝謙同學在一篇文章裏寫他這樣上王純先生的課：

> 在上課的時候，張君常常提出音樂問題，就教於王師。舉凡中國音樂理論的探討、古曲韻味的玩賞、乃至古曲之出處以及有關真偽的考辨等等，都在他們答問題材之列。

細味文中「探討」云云，「考辨」云云，再把我認識到的世彬兄性格配貼上去，課室內恐怕就不止於簡單的學生一問老師一

答直線而下，還不妨考慮詞意同異相互往來的可能，從而見出他當時音樂知識水平的高度。

音樂知識水平的高度，還可以通過他當年撰曲一事補充了解。他能撰雅調，又會作流行曲調。前者像給晏殊〈木蘭花〉（燕鴻過後）配曲，後者像交通安全歌撰曲及詞，就是例子。特別要指出的是：「慢慢走，勿亂跑，馬路如虎口，交通規則要遵守，安全第一命長久。」這首交通安全歌，香港市民過去聽了以至唱了二三十年，可沒有幾個人知道其調其詞出自新亞書院四年級學生張世彬之手。香港政府當年公開徵歌，最後從許多參賽作品中選用了世彬兄的旋律與歌詞。

中文大學畢業後，世彬兄考上日本政府留學獎學金，到日本京都大學進修。說是留學，不如說遊學更好。京大學位入學試規矩：考生事前繳交論文或讀書報告一篇，主試老師據此發問。世彬兄面試時，敢於表達自己的觀點，跟主試老師辯論問題，不因考試有所求而改易一向率直求真、不避相異的風格。最後他決定且作為京大研修生留下，不必非研讀學位不可；並以京大作據點，同時四處遊覽和問學訪友。他仍舊專注於中國音樂，極力搜求資料，拜會日本的中國音樂研究專家和藝人，參加大阪外國語大學的琴社（日本的琴形制和中國的箏相近）。他琴藝高明，離社以後，社中日本人還不時提到他名字。這裏見出他一如既往，學藝兼顧。學藝兼顧的結果是學與藝互補而

並通，益發強化中國傳統音樂研究的全面基礎。正因他深厚的素養，回港以後便進入大學音樂系，籌畫成立中國音樂資料館，及後主理館務。

世彬兄工作了三幾年之後，我漸漸感覺到他意興好像不及從前那麼高了，有時稍現神情落寞。他這期間應該沒有女朋友，不存在失戀打擊的苦惱。我猜想跟人事工作不盡如意有關也說不定。他在日本遊學研修，容易讓一板一眼講求學位高下的人張口搖舌議論。唐君毅老師在日本京都大學時，世彬兄謁見。唐師鼓勵支持他回母校弘揚所學，他受教返港，受聘為副講師，可說職級相當低，不一定如他原來所望。再說世彬兄是狷介之士，朋友們大抵認同的。這類人多數不被他所屬的群體認受，群體總要對他這麼壓壓擠擠一下。臨身的壓擠，他或許多多少少感受到了，因此心情不暢快。本來部門人事之間的不和諧，該是常態的存在，多數人稍微忍受一下也就算了。只是以世彬兄的個性，碰上這般事情，心底纏絲難免比較不容易解開。這當然只是我的瞎猜瞎想，不過要說我是睜大眼睛猜想，也沒關係。

1978 年 7、8 月間，也就是中文大學提升他為音樂系講師一年後，一個可怕的消息在同學間散開：張世彬在大陸發病死了。消息不知從哪裏來，找不到發消息的第一人；事情經過到底怎樣，誰也說不清楚。我聽了消息，將信將疑。首先，大陸

局面雖然有所寬鬆，但總體說來仍屬繃緊，他為甚麼北上？其次，他當時剛過四十歲，正值精壯之年，怎麼忽然得病死了？可是 8 月 19 日崇基音樂系給他開追思會，好些同學參加了，這便明明白白證實了噩耗。即使這樣，後來還是有傳言：張世彬其實沒死，有人見過他在大陸現身，又有人見過他在香港旺角露面，總之紛紜莫辨；他去世一事竟然極具懸疑詭秘味道。不管怎樣，我們同學始終聯繫不上他了。聽說世彬兄遊學期間，喜歡喝日本的養命酒；難道他早有自己生命短促的預感，希望設法延年？可是生生死死、死死生生，上蒼仍然是最後的操盤手。如果上蒼真個不許延年，那麼憑藉靈液妙釀，想要迴轉意旨，誰有這個能力？

四十年後的今天，我為了給世彬兄寫文章，再行多方打聽他去世的事情，最後約略摸到這樣一條線索：1978 年夏天，廣州有關部門致電香港中文大學，告知大學教員張世彬 7 月 21 日中暑（一說腦充血）逝世，遺體火化了。中文大學希望聯繫世彬兄家人，找到跟他同是元朗人又是大學同級同學的李女士，商請幫忙；李女士輾轉找到世彬兄的哥哥。音樂系追思會當日，他哥哥在場。可惜的是：大家不曾向他哥哥問及北上原由以及其他問題，線索由此中斷，線上滿黏疑號而中斷。我現在只好這樣寬慰自己：世彬兄用過雲上人作筆名，龍在雲端，就當他是人中之龍好了，這條龍最後由地表衝上雲霄，遠引他去，再

也不回來。

以雲上人作筆名的散文集《幽玄之美與愛》，1973 年本港大學生活出版社出版，收錄世彬兄在日本期間遊覽各地時寫湖山花樹諸般景物的散篇。書中更多寫花卉，而在芳馨幽恬氛圍之中，往往有純美清靈的少女飄然出現。他在〈自跋〉中明言愛日本的花草，也愛日本的少女；又説「人與花互相比擬」、「有時指人，有時指花」，希望讀者「看得出來」。説來慚愧，我反覆閱讀，始終沒辦法看出，只有這麼一種感覺：書中的真真，也許是他的風懷所寄，説真實存在也行，説不真實存在也可以，牽合析説不了。我有時反而會拿書名筆名牽合析説幾句。「幽玄」本來是個日本詞語，世彬兄借用過來，詞語好像有空靈凄美、妙深情趣的意蘊。一位日本通的朋友解説過的，我不敢説記得清楚。那是日本人的獨特美感的用語，日本文學中有幽玄一體。世彬兄鍾愛的是如此這般的美與愛，一般人哪裏能識解他獨特的情懷？至於雲上人，他高處雲層之上，雲層之下緇塵之中的擾擾世人哪能跟他合在一起？

世彬兄還有一種學術著作《中國音樂史論述稿》，1975 年友聯出版社作為「友聯學術叢書」出版，當時他三十七歲。實際上本書 1972 年已完稿，他只有三十四歲。

我不解音樂，不敢隨便論議該書的學術水平。不過出版社既然接納作為該社學術叢書一種，自然經過專家審評。另外世

彬兄在書前〈補記〉寫道：「埋首故書，潛心律呂，如是者凡十年乃成此稿。」著作態度慎重嚴謹可見。這麼說來，本書還是從深具學術價值這一方向下結論恰當。還可以這麼補充：大學提升世彬兄職級；音樂系給他開追思會，由饒宗頤教授主持；同年 9 月 10 日大學音樂系和香港市政局在大會堂劇院為他聯合舉行「張世彬紀念音樂會」；都是對他樂藝與學術成就的充分肯定。

世彬兄英年早逝，我們失去一位樂藝與學術仍有極大發揮和貢獻的人，固然十分惋惜。另一方面，世彬兄僅僅以四十年的生命，便在音樂領域得到人們的推崇紀念，卻又幾人比得上？我們於此不妨稍稍紓懷。我感嘆的是：世彬兄三十四歲完成學術論著，自己在他的年紀卻甚麼學術性文字都沒有寫，其實也寫不出來。面對故友遺作，兩相比對，欽佩之餘，不勝自愧。

浮生朽齒亦因緣

郎龔子

「早晨,醫生。」我如常把公事包放在牆邊的椅子上,隱然有兩分近似回家的感覺。

「早晨。又掉牙齒了?」龔醫生也一如往常溫婉詢問,無縫地接上九個月前的說話。

「自然生態過程吧。」我輕鬆地斜躺在臥椅上,安心等待龔醫生的專業檢查和意見。這樣的情境體驗過好幾回,大約已習慣成自然。這位醫者予人信心,也教人舒服。

龔醫生是大學選用的牙科保健公司的僱員。自從回歸香港教學後,自己十多年來都仰賴她護理牙齒問題。我原不認識龔醫生,只因為她的名字由疊字組成,覺得別致有趣,便不意開始了這段專業服務的因緣。緣分的直覺選擇沒有錯,因為龔醫生確實是位良醫;緣分也相當有趣,因為相識近二十載,我仍然不確定這位纖雅的醫者容貌如何。

龔醫生並非從事尖端科學研究的權威,而是前線的醫護先鋒。她的崗位並非在辦公室或實驗室鑽研深層醫理,而是每日低頭彎腰,貨如輪轉地處理色香味俱全的腐朽牙齒,反覆切磋

琢磨，有點像口腔洞內的高薪礦工，只是開採的並非鑽石。雖說診室清爽恆溫，然而每星期五天、每天八小時掛上口罩，連呼吸也無法完全暢順，面部皮膚也無法善待。這些情況本就構成半受難的工作性質和感官環境，何況還要面對情緒、要求、心態各異的現代消費顧客，而蠻人遠比壞牙難應付。牙醫的社會地位約比一般醫生稍遜半籌，若然遇上無知、固執而自以為是的顧客，就更容易惹來不滿，招致口頭甚至書面批判。

何況這還不包括牟利公司對僱員的大小剝削和壓力。十多年前，我曾鼓勵龔醫生開設診所，儘管她自立門戶之日，可能就是自己失去優質服務之時。營業無疑比受僱勞心，卻比較彈性自主；兩者之間的取捨，只有當事人才可根據主觀意願和客觀條件作出決定。她當時帶點喜悅地答道「承你貴言」，可能因為這個建議，至少代表一份專業肯定。

十多年後，龔醫生仍然是牙科保健公司的僱員。她打趣自嘲，謂「做慣乞兒懶做官」，其實只是寧願少些形役的焦慮和劬勞。在他人設計的制度下工作，固然不容易稱心如意，但生活更不應該孜孜牟利，自困於口腹自役之中，甚至放假幾天也好像覺得虧本。基本物質需要之上，生活應該趨向精神舒暢和閒適。龔醫生的性情比較樸素雅淨，似乎連脂粉妝扮也免卻，當然明白此理。她依舊保有溫婉的語調、耐心的解釋和文雅的舉止，當中感受不到功利的討好或造作的熱情；她一直以來體現

的，是專業的貼心和莊重的善意。這原是以人為本的工作引伸出來的職業態度，然而功夫和分寸，並非每個從業員都拿捏得準，因為專業表現的基礎，首先在於敬業樂業，包括接受份內責任的連帶要求。

＊　　　＊　　　＊

「把缺口補上吧。」龔醫生檢查完畢後，如常平靜地據實說。「真的那些也看過了，部分有點鬆離，不過暫時無須處理。可以留下的都盡量留下，作為托牙的依靠。」

「沒有意見，都按你的意思辦。」我爽快地插嘴。「你也知道，我是個自然主義者，不好拔牙。最好是有一天全部自然脫落，麻煩你弄個全餐，讓牙齒更整齊潔淨。」

「這種情況，下面還好，但上托就不能那麼安穩了，因為到時沒有借力點，要用托牙黏膠。就是目前這個上托，也可能會慢慢變鬆。」龔醫生還一本正經地解釋。

「明白，反正我吃東西不會碎骨斷爪。」平時看着母親的假牙，就清楚自己的命運。

「那就好，並不是每個人都明白或接受，有時倒會堅持一些無法實行的想法。」

「醫生，當代七十二行都變成服務行業了。如今流行投訴文化，消費者的心態是『沒有我就沒有你』；顧客應該更貼切地稱

為『主顧』呢。」她微微點頭，表示同意。

在過去數年的接觸中，龔醫生再沒有建議我種牙，因為她已明白愚子的自然哲學：即使有善長全數付款，我也不會在口腔內從事土木工程。她是個了解和尊重病人的醫者，而並非以牟利為業的經紀，言行皆以功利目標為先。她似乎顯得比平日開朗幾分。

「醫生，你今天好像活潑了一點。去年來的時候，感覺上好像比較沉默。」

「嗯，天也有陰晴光暗，人的心情總會有起伏吧。」龔醫生平靜地回答。

「如今每星期上班四天，是否沒有以前那麼辛苦了？」

「現在五天可不成了，曾經弄傷了腰。不過，其實也只是把五天的工作塞進了四天。」

「這是得到認同的矛盾吧。客似雲來就增加辛勞，少人上門就代表不受歡迎。教學面對的也是類近的情況。」跟商界的分別是，班上學生的數目不會直接影響薪水。

＊　　＊　　＊

在以人為本的工作層面上，龔醫生和愚子之間似乎有一點共通處和共鳴感，超越單向和單面的接觸。人生相交最理想的，自然是雙向而平等的關係。有些關係的性質，雙向而無法

完全平等，例如母子和師生。但像龔醫生和求診者之間的現代專業服務關係，一般來說卻是單向而單面的：顧客只有牙齒出問題時才會想起她，然後以金錢購買服務，沒有甚麼人情回報可言。因此，在這種專業服務的關係中，不必也不應期待友善，只能期待專業態度和表現，包括忠誠和盡心。龔醫生無疑超越了專業表現的基本水平。

「沒有甚麼帶給你，醫生。」我把一冊去年底出版的詩詞集，放在她的桌上。

「哦，又出新書了？」她帶點熟悉的語氣說，猶如慣常的讀者。我當然沒有那麼浪漫。

「裏面有一頁跟你有關。」我淡然回答。蘇東坡謂「事如春夢了無痕」，其實即使事過境遷，往往還留下感受的痕跡。我能夠回饋這位良醫的，就只有一點文字的心意。

牙醫固然屬於社會精英，然而作為受薪僱員，自有其辛勞乃至被剝削的一面。除了認識求診者外，龔醫生亦是社會上無名的奉獻者，默默耕耘，為人間紓解幾分感官層面的痛楚或不適。有名者往往名不副實；無名者往往貢獻良多。牙醫很少被尊為「大國手」，因為工作範圍並不涉及存亡的重量；治牙往往被視為次等重要的工作，卻也是切實助人的事業。牙疾和牙痛未必是五臟六腑層面的「心腹大患」，卻也可大可小，影響說話和進食功能。生命中沒有太大的理想，也沒有太小的善業；任

何崗位的工作者都有其責任和意義，同樣值得尊重。浮生不求垂範後世，只有盡意盡力、不違初心的付出。

小肥

　　小肥對「新香港人」這個名稱相當敏感。一聽到，她便腼
腆地立刻辯白：我甚麼也不是，不過是個客家人！與她很熟絡
的本地同學笑她是「小非」：非這、非那。甚至可能是個「multi
非」，比「雙非」要厲害多了。這些戲語，大家其實極少講。愛
護小肥的朋友，明白在敏感時刻，無謂再製造不經意的傷害。
小肥衣著很潮，兼流利粵語，班上或人叢中都不會被「點相」。
當城裏不少人都想着往外逃，小肥卻有很大的決心要留下。或
許，她做香港人的意志也不過是另一種逃，儘管途徑與方向不
同。

　　來這裏讀書居然是一個非常突然的決定。不知甚麼原因，
那時辦理澳洲簽證被拒，等於不能按計劃出國升學，亦意味來
年很可能要閒置在家，無所事事。小肥與家人有點措手不及。
認識的一位阿姨提及香港有副學士學位，雖然已過了一般榮譽
學士課程的收生限期，還是較容易入學的。小肥是廣州一線高
中的畢業生，阿姨說，入讀香港的副學士，絕對沒有問題。

　　這樣就來了香港。

也不是第一次來。廣州人嘛，成長歲月是TVB、港產片、Cantopop 陪着大的，即使小肥也知道，香港的流行文化其實早已衰落了。

　　始終內地人普遍不會這樣想。所以親戚朋友得悉小肥要到香港讀大學，還是有點沸沸騰騰的。不知是不是有點這樣那樣的壓力，小肥初來唸書時心情忐忑。雖然來過多次，畢竟未嘗長居，適應不是完全沒有困難。她家人反比她更放心，總說廣州這麼近，有事沒事周末就回來吧。小肥不這樣想。過關、搭車、等候，隨時就耗去了大半天。除非長假期，小肥是不回家的。副學士絕大部分是本地生，小肥的工商管理班上更是多一個內地生也沒有。她不覺得本地同學排斥她，但內心隱隱的憂慮，卻令她起初把自己關起來。

　　小時候本就有倔強又害怕陌生的脾性。父母要她做甚麼總是不從，拒絕接觸任何新事物。親友到訪便把頭埋在媽媽的懷裏，不肯抬頭望人。她不知道這種不安感從哪裏來的，不過隨着年齡增長，上學接觸的人多了，家人又不是對她施加太多壓力，她也喜歡跟人一起，小肥才漸漸變得開朗起來，才成了現在眾人認識的樣子。

　　性格缺陷是逃也逃不了的。她晚上就埋在被窩裏哭。也不敢太大聲，怕驚動同是來自內地的室友。有理沒理，心中若有納悶與不暢，小肥必定哭了再算。既然言語不能表達，感覺還

是要釋放出來的。就這樣她哭了一個學期。下學期伊始，決心參加本地同學的課外以至社交活動了。還上了學生報的莊，當文藝版記者。主修工管，理應做時事版。同莊的同學也不會懷疑她內地來就跟不上這裏的時事。手機的一代，不管本地內地，認識自身之外的世界，反正都是靠社交媒體。小肥寧願專做文化藝術版。

藝術才是她的摯愛。她對其他莊員說，小學開始，她便學唱拉丁文歌劇了。比較擅唱alto（女低音）。同學嘖嘖稱奇。有人問，原來大陸時興唱歌劇？有人答，廣州有個超大的歌劇院，還是由 Zaha Hadid 設計的，外貌新奇，但無人曉得如何維修！

副學士匆匆一年，小肥已開始準備以非聯招生身份報讀正式的大學。她亦決心轉讀文化研究。家人親友皆不知那是個甚麼學科，即使小肥費了一些唇舌。不過內地沒有文化研究學系，唯香港的大學有。人心本來就是微妙的。內地人專程來港買禁書、看禁映的 3D 色情電影，正因為這些片子不能在內地上映，網上盜版又不能有立體感。家人沒有堅持小肥一定要唸工商管理。轉甚麼系，隨她了，有香港的大學收就成。

兩年本科生的日子超乎想像的順利。只要有決心。或者真正適合脾性。小肥成了系裏的優材生，一級榮譽畢業。

要留下來，如果不是找到長職，就繼續讀書吧。小肥不肯

定自己在港想做甚麼。文化藝術的工作，很多需要先有實習經驗。她有點急。

申請讀有獎學金的碩士學位，是個磨人的冗長過程。她不停地想過放棄。不想再敲教授們的門，要求他們寫推薦信。不想考試過後又要再讀一大堆的論文，弄出一個有意思的學術研究計劃來。如果留不下來，她有想過回去創業，與友人做喜歡做的工作。例如設計首飾，搞出口。教授們對小肥提交的「內地生撐香港社運」研究計劃，極感興趣，面試時提了許多建議。「可以追溯到更早的歷史吖」、「研究對象最好再闊一些」、「理念框架可試試跳出民族國家的既有想法喎」、「多加入自身的個人體驗到學術研究裏，並非不可能的」。不久小肥接到信，系裏收她留校讀有兩年獎學金的碩士。

冗長也許不是指申請碩士的過程，而是要完成它的過程。小肥沒想過跟心儀的教授相處，可以很困難。也沒想過上研究生課時，遇見了第一個迷戀的女同學。她以前也沒有認真想過或者願意面對，自己拋身敢愛的竟是同性。愛情沒有開花結果。來自波蘭的女同學，捨她到美國去了。她的碩士論文申請了延期又延期，最終都沒有完成。

歲月也許蹉跎了，卻促使她取了永久身份證。她在大學附近的一間國際學校當普通話老師。偶然回大學，與以前的論文指導教授吃午飯。

小肥常説，她是懂感恩的。這裏栽培了她，她必然會回饋這裏的下一代。

後記

　　「匯智」二十周年文集《香港‧人》確是「人氣」十足，二十七位「匯智」作者各為筆下人物追聲摹形，虛實交織中有直接間接有工筆意筆，都寫得活靈活現。

　　「香港」，始終是我們託根的地方；「人」，始終是作家的主要寫作對象。喬伊斯的 *Dubliners* 寫都柏林人，白先勇的小說寫台北人。以某地某人為組合，虛構也好寫實也好，一經一緯，總編織得出某個時代某個空間的動人情事，遂成名篇，但，這絕對與寫的是否名人無關，正如也斯說：「一個生活在馬路上的人和一個藝術家同樣重要；一個著名的作者和一個普通女學生是可以並列的。」

　　「匯智」的羅先生雖非生活在馬路上，卻與藝術家同樣重要。「人」字在六書中算是象形字，《說文解字》說：「人，天地之性最貴者也。」武則天別出心裁，聖曆年間新造「𤯄」字，「一生為人」，那是會意字了。綜合漢唐兩條材料，大概理得出「人」的意思就是「天地之性最貴者」的「一生」。我們的社會就是由風雲人物的一生和等閒人物的一生所組成——前者是狹義地特指具有高品格與特出才幹的人，後者是廣義地泛指一般的人。創

刊於 1974 年的美國雜誌 *People Weekly* 就同時刊載名人和普通人的故事，編輯原則大致上與本書的出版理念相同。只因我們相信，每個香港人的「一生」，無論是風雲際遇還是等閒期會，都是精彩的故事。

十年前，我在「匯智」十周年文集《文學・十年》的後記認真地說：「再過十年，那時我已過知命之年；未老廉頗為『匯智』再編一部書作為賀禮，羅先生以為如何？」書生承諾向來既風雅亦同時帶點遊俠意氣——言必信，行必果——煞有介事的公開預告，其實往往只是十年八載後才要處理的事。口齒矜誇，無非為了預支未來十年歲月中那一點點人無恙情不變與長相思毋相忘的幸福感覺；真是又天真又浪漫。時間信亦不羈，過得挺快，駒隙轉瞬間倏忽一掠，又是十年，可幸承諾在轉瞬間與倏忽間始終莫失莫忘，到兌現的時候彼此還能會心微笑，意思彷彿是：能否再誇海口，另訂一個十年之約？

「匯智」成立二十周年
朱少璋記於浸會大學東樓

作者簡介

王良和，原籍浙江紹興，在香港出生。香港中文大學榮譽文學士，香港大學哲學碩士，香港浸會大學哲學博士，現任香港教育大學文學及文化學系副教授。曾獲第六屆和第八屆「中文文學創作獎」新詩組冠軍、第二屆「香港中文文學雙年獎」新詩組首獎及散文組推薦優秀獎、第七屆及第十三屆「香港中文文學雙年獎」小説組首獎。曾於「匯智」出版《打開詩窗——香港詩人對談》、《余光中、黃國彬論》，詩集《時間問題》，散文集《山水之間》、《魚話》、《女馬人與城堡》，短篇小説集《破地獄》。

王璞，生於香港，長於內地。上海華東師大文學博士。1989年定居香港。先後做過報社編輯和大學教師。2005年辭去大學教職，專事寫作。其長篇小説《補充記憶》獲香港天地圖書第一屆長篇小説獎季軍，另一長篇小説《么舅傳奇》獲天地圖書第二屆長篇小説獎冠軍、第六屆香港中文文學雙年獎小説獎。曾於「匯智」出版《怎樣寫小説：小説創作十二講》，散文集《小屋大夢》，長篇小説《家事》、《貓部落》。

可洛，原名梁偉洛，香港浸會大學中文系畢業。喜歡寫作、睡覺、夏天。曾獲青年文學獎、中文文學創作獎等獎項。現為獨立作家及寫作班導師。曾於「匯智」出版短篇小説集《她和他的盛夏》。

朱少璋，香港作家，新亞研究所文學碩士、香港大學哲學碩士、香港浸會大學榮譽學士及哲學博士。現職香港浸會大學語文中心高級講師。小說《告別下雨天》入選香港教育專業人員協會「十本好書」之一，傳記《燕子山僧傳》入選香港康文署「十本好書」之一。散文作品多次獲獎：《灰闌記》(第十屆中文文學雙年獎)、《隱指》(第十一屆中文文學推薦獎)、《梅花帳》(第十三屆中文文學雙年獎、第二屆香港金閱獎)。另外，又曾於「匯智」出版《説亮話》、《聆聽學》、《規矩與方圓：從經典作品學習寫作》、《魚雁志：應用文措辭例話及文化趣談》、《海上生明月：侯汝華詩文輯存》等書。

朱耀偉，現任香港大學現代語言及文化學院香港研究課程教授及總監，研究範圍包括全球化、後殖民論述及香港文化。曾於「匯智」出版《光輝歲月：香港流行樂隊組合研究 (1984-1990)》、《音樂敢言：香港「中文歌運動」研究》、《繾綣香港：大國崛起與香港文化》、《香港歌詞導賞》(合著)、《香港歌詞八十談》(合著)、《詞家有道：香港十九詞人訪談錄》(合著) 等。

呂永佳，香港浸會大學中文系哲學博士。曾獲中文文學雙年獎、中文文學創作獎、大學文學獎、青年文學獎、城市文學創作獎及李聖華詩獎。文學雜誌《月台》創辦人之一，香港電影評論學會成員。曾於「匯智」出版詩集《無風帶》、散文集《午後公園》。

吳美筠，文學人、藝評人、學術人。雪梨大學中文研究博士。首位香港文學雙年獎詩獎得獎者，曾編多種香港文學及藝術刊物，並歷任香港書獎、中文文學獎、青年文學獎、湯清文藝獎、基督教金書獎評判。國際演藝評論家協會（香港分會）創會董事、香港文學評論學會創會主席。曾任教於香港大學、嶺南大學、香港浸會學院、香港公開大學等多所大專院校。香港藝發局民選委員及文學組主席（2014-2016）。曾於「匯智」出版短篇小説集《愛情卡拉OK》、詩集《時間的靜止》。

邱心，原名陳潔儀，生於香港，曾獲青年文學獎（小説高級組）亞軍、中文文學創作獎（文學評論組）第二名、中文文學雙年獎（文學評論組）首獎等。曾於「匯智」出版短篇小説集《娃娃回家》。

林浩光，畢業於香港中文大學中文系，香港中文大學文科碩士（教育）、香港大學哲學碩士、香港大學哲學博士，主修文學批評。長期在中學從事語文教育工作，退休後任香港大學中文學院兼任講師。業餘創辦《圓桌詩刊》，又任《新少年雙月刊》編委。曾於「匯智」出版詩集《新祭典》、詩評集《香港新詩導賞》。

胡燕青，畢業於香港大學文學院，修中、英文。退休前任香港浸會大學語文中心副教授，設計並教授文學創作科目。三度獲得香港浸會大學頒發的校長杯傑出表現獎。目前為國際基督教機構聖經課程翻譯編輯，創作發表於香港各大文學雜誌。已出版十本個人詩集，十二本散文集，兩本短篇小說集，數本閱讀隨筆，二十多本少年兒童文學作品。曾獲兩項中文文學創作獎冠軍；兩項基督教湯清文藝獎；兩部短篇小說入選「中學生好書龍虎榜十本好書」；2016 年度香港金閱獎；三項中文文學雙年獎首獎。曾於「匯智」出版散文集《彩店》、《蝦子香》，詩集《夕航》、《無花果》，短篇小說集《好心人》等。

梁科慶，人文及創作系哲學博士（香港浸會大學），圖書館學碩士（Dalhousie University），文學碩士（嶺南大學），青少年文學作家，著有小說 Q 版特工系列、俠盜破奇案系列。作品獲得香港中文文學雙年獎、「中學生好書龍虎榜十本好書」、「香港教育城十本好讀」、全國偵探小說大賽最佳懸疑獎。現於香港公共圖書館工作。曾於「匯智」出版《大時代裏的小雜誌：《新兒童》半月刊（1941-1949）研究》一書。

黃志華，資深中文歌曲評論人，新世紀以來致力研究香港早期粵語歌調的文化和歷史，以及梳理有關粵語流行歌曲創作的理論。曾於「匯智」出版《呂文成與粵曲、粵語流行曲》、《粵語歌詞創作談》、《實用小曲作法》、《香港歌詞導賞》（合著）、《香港歌詞八十談》（合著）、《詞家有道：香港十九詞人訪談錄》（合著）等等。

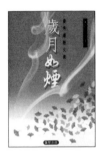

黃秀蓮，廣東開平人，香港中文大學崇基學院畢業。專欄作者，中文大學圖書館「九十風華帝女花——任白珍藏展」策展人。曾獲中文文學創作獎及中文文學雙年獎散文組獎項。文章〈膝行〉、〈上環古韻〉、〈追蹤白海豚〉、〈最憶大牌檔〉獲選入中學中國語文教科書。曾於「匯智」出版散文集《歲月如煙》、《風雨蕭瑟上學路》。

張婉雯，香港作家，作品散見《字花》、《明報》、《阡陌》、《香港文學》等文學雜誌。曾獲第二十五屆聯合文學中篇小説獎首獎、時報文學獎短篇小説評審獎、中文文學創作獎小説組優異獎。同時為動物權益團體「動物地球」與「動物公民」成員。曾於「匯智」出版短篇小説集《微塵記》(獲第十一屆「香港書獎」)。

陳德錦，1958年生於澳門，曾任教於嶺南大學中文系，現專事寫作。曾任《新穗詩刊》主編及編著《香港當代詩選》。著有詩集、散文集多種，散文集《愛島的人》獲第三屆中文文學雙年獎散文組首獎。在「匯智」曾出版散文集《身外物》、詩集《疑問》(獲第八屆中文文學雙年獎新詩組推薦獎)、長篇小説《盛開的桃金孃》(獲第九屆中文文學雙年獎小説組推薦獎)、短篇小説集《獵貓者》(獲選為第二十九屆「中學生好書龍虎榜十本好書」)、詩歌評論集《情之理意之象》。

麥華嵩，香港長大，大學畢業後愛上寫作，主要作品包括小說、散文和藝術評賞。刻下居於英國，現為英國劍橋大學商學院副教授。曾於「匯智」出版散文集《聽濤見浪》、《眸中風景》，短篇小說集《浮世蜃影》，長篇小說《回憶幽靈》、《繆斯女神》、《死亡與阿發》、《天方茶餐廳夜譚》，以及音樂著作《永恒的瞬間：西方古典音樂小史及隨筆》。

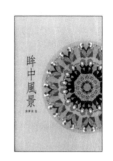

麥樹堅，香港浸會大學中國語言文學系畢業，現為大學講師。曾於「匯智」出版散文集《對話無多》、《目白》、《絢光細瀧》，詩集《石沉舊海》，合編《起點》和《途上》。《絢光細瀧》獲第十四屆中文文學雙年獎散文組首獎。

游欣妮，畢業於香港浸會大學中國語言文學系，現職中學教師兼圖書館主任。2008 年獲香港中文文學創作獎新詩組優異獎。2009 年獲第五屆大學文學獎新詩組優異獎。2011 年作品《我搣時很煩》獲香港教育城第九屆「十本好讀」第一名。2013 年作品《我搣時心太軟》獲香港教育城第十一屆「十本好讀」第二名。2017 年作品《我最「搣時」的故事》獲香港出版雙年獎（兒童及青少年）。曾於「匯智」出版詩集《紅豆湯圓》。

劉偉成，香港土生土長，畢業於香港浸會大學人文學系，現職出版經理，為香港浸會大學兼任導師 (教授寫作、編輯與出版的技巧)，現正攻讀博士學位。曾獲多屆青年文學獎、香港中文文學創作獎獎項。2017年獲邀赴美參加愛荷華大學的國際作家工作坊。曾於「匯智」出版散文集《持花的小孩》(獲香港中文文學雙年獎散文組推薦獎)、《翅膀的鈍角》，以及詩集《陽光棧道有多寬》(獲香港中文文學雙年獎新詩組首獎)。

潘步釗，廣東梅縣人，香港出生。香港浸會大學文學士、中山大學文學碩士、香港大學中文系哲學碩士及博士。曾任課程發展議會中國語文教育委員會主席、香港考試及評核局中學文憑試中國文學科科目委員會主席。現職中學校長。創作以散文及新詩為主。曾於「匯智」出版散文集《邯鄲記》、《美哉少年》、《傳家之寶》，詩集《不老的叮嚀》，書評集《讀書種子》，以及《脂粉與顏色——散文寫作技巧談》等書。

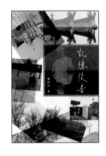

鄭政恆，《聲韻詩刊》評論編輯，現職於嶺南大學人文學科研究中心。曾於「匯智」出版新詩集《記憶後書》(獲香港中文文學雙年獎新詩組推薦獎)，另與梁秉鈞、陳智德合編《香港文學的傳承與轉化》。

樊善標，香港出生、成長。畢業於香港中文大學中國語言及文學系，獲文學士、哲學碩士、哲學博士學位。現任教於原校。曾於「匯智」出版《清濁與風骨——建安文學研究反思》。

黎翠華，香港出生，法國國立東方語言文化學院碩士。1979 年獲第六屆青年文學獎新詩組優異獎。1987 年獲市政局中文文學創作獎小說組首獎。1988 年獲台灣中央日報短篇小說佳作獎。2003 年獲第七屆香港中文文學雙年獎散文組推薦獎。近年創作多發表於《香港文學》、《香港作家》及《文學世紀》等期刊。曾於「匯智」出版散文集《左岸的雨天》、《尋夢者》，以及短篇小說集《記憶裁片》(獲第十三屆香港中文文學雙年獎小說組推薦獎)。

鍾玲，廣州人，在台灣、美國、香港三地生活。台灣東海大學學士，美國威士康辛大學麥地生校園比較文學博士。曾任教美國紐約州立大學艾伯尼校園、香港大學、台灣國立中山大學，香港浸會大學文學院院長、協理副校長，以及澳門大學鄭裕彤書院院長。為中西比較文學學者，亦為小說家、詩人。同時，又為香港浸會大學「紅樓夢獎：世界華文長篇小說獎」及國際作家工作坊之創辦人。曾於「匯智」出版詩集《霧在登山》、短篇小說集《鍾玲極短篇》。

鄺健行，廣東台山人，香港出生。香港新亞書院畢業，希臘雅典大學博士。自 1972 年迄今，先後任教於香港中文大學、香港浸會大學、香港大學、香港嶺南大學。曾於「匯智」出版古典詩集《光希晚拾稿》、評論集《金梁武俠小說長短談》。

鄺龑子，香港大學英文及比較文學系文學士、哲學碩士，牛津大學英文系哲學碩士，耶魯大學東亞語言及文學系文學碩士、哲學博士。曾在美國執教大學七年，現職嶺南大學中文系教授、翻譯系教授及哲學系兼任教授。曾於「匯智」出版散文集《烟雨閒燈》、《隔岸留痕》和《師生之間》，以及古典詩詞集二十多種。

羅貴祥，現為浸會大學人文及創作系教授，創意及專業寫作課程主任。曾於「匯智」出版其主編的文集《時間》。

香港‧人

主　　編：羅國洪　朱少璋

封面設計：洪清淇

出　　版：匯智出版有限公司
　　　　　香港九龍尖沙咀赫德道2A首邦行8樓803室
　　　　　電話：2390 0605　　傳真：2142 3161
　　　　　網址：http://www.ip.com.hk

印　　刷：陽光(彩美)印刷有限公司

發　　行：聯合新零售(香港)有限公司
　　　　　香港新界荃灣德士古道220-248號荃灣工業中心16樓
　　　　　電話：2150 2100　　傳真：2713 4675

版　　次：2018 年 7 月初版
　　　　　2018 年 10 月第二版
　　　　　2021 年 8 月第三版
　　　　　2023 年 9 月第四版

國際書號：978-988-78987-0-2